亦
舒
作
品

亦舒

- 作品 -

36

葡萄成熟的时候

湖南出版社

博集天卷
CS·BOOKY

葡萄成熟的时候

目录

葡萄成熟的时候

壹.

小山鼻子一酸，淌下泪来。

爸，只要你快乐。

沈小山不想让人家这样说：她十六岁那年父母离异——嗬，可找到借口了——从此功课一落千丈，开始放纵任性，酒精毒品来者不拒，父母分手造就了她的堕落，她自身统共不必对任何行为负责，全部是父母的错，要不就是社会的错。

小山一直很争气，十分自爱，沉静地做妥功课，练成一手小提琴，校际游泳比赛又得过银奖。人要自己争气，她这样说。

直到有一日，父亲沈宏子带女朋友回家吃饭。

这时小山的母亲已经移民加拿大温哥华，在商场开了一家面包店，据说生意还过得去。

前后不过年余，小山没想到父亲已经找到新人。

她一颗稚嫩的心嗵一声跌到脚底。

那女子很年轻，廿余岁，是沈宏子下属，刚在学习打扮，事事做足一百分，太努力了，反而不讨好：头发太黄，眼影太蓝，胸罩太硬，上衣太紧，外形最多打六十分。

举止就完全不及格。

她把小山当小孩，带来一只毛毛玩具做礼物，手臂整晚搭住沈宏子，看牢他媚笑。

小山发觉这人一笑就露出牙肉，不甚美观。

那晚她很沉默。

父亲与女友似乎已经很熟络了，他为她剥橘子。

饭后他们去看电影，建议小山一起去，小山不假思索拒绝，独自留家里。

小山记得父亲说过：只有十多岁少男少女才看电影，老远路扑进扑出，黑墨墨环境、隆隆声音响，过了三十岁，还是耐心等录影带面世吧。

没想到今日喜滋滋地挽着女伴手去轧热闹。

小山的失望也不用说了。

这个女子与父亲约会半年，他身边换了一个人。

这次，小山知道他是认真的。

沈宏子一下减掉二十磅体重，又到牙医处把破裂牙齿统统补回，改了新发型，添置新西装，前后判若两人。

小山想：这个可能不是他的下属那么简单了。

难道，他开始认真？

最近，小山正整理家中旧照片，做成光碟，永久保存。

越看越唏嘘，她不敢相信沈家曾经那样快乐过。

照片中母亲允珊无论化妆与否都那样秀丽，父亲一表人才，小山自己也好不可爱。

他们四处旅行：欧洲、夏威夷、阿拉斯加、日本，渐渐去到比较冷门地区，印度、峇里[1]，最叫小山难忘的是巴西利奥热内卢[2]的嘉年华会。

小山最珍惜一张与米老鼠合拍的全家福，那时小山还需手抱，只三四岁，笑得合不拢嘴，全家脸上发着幸福的亮光。

---

[1] 峇里：又译为巴厘（岛），印度尼西亚岛屿之一。

[2] 利奥热内卢：又译为里约热内卢，巴西第二大城市。

小山流泪，那样的好时光一去不复回。

进初中时他们开始吵架，每夜都闹醒小山，句句离不了投资失败，负债，把房子即时卖掉还欠银行数百万之类。

夫妻又撑了几年，两人在客厅擦身而过都木着脸不招呼，他们勤力工作，努力还债。

少年小山总以为还清债务，他们又可以回到从前那样相敬相爱。

但不。

他俩决定分手。

沈宏子同离婚法庭说：双方有不能冰释的误会。

而常允珊的理由是：对方待她，以不可容忍的残酷。

三扒两拨便分手成为陌路人。

常允珊也尝试为女儿做心理辅导。

她这样说："离婚已是最常见的悲剧，统计平均十对夫妇中有六对终于会得离异，你父亲与我都仍然爱你，支撑到接近成年已不容易，现在你至少略为了解，两个人在一起相处是何等艰难。"

小山知道这时不能哭泣。

"你到温哥华来读大学吧,由我来负责费用。之后,你是成年人,有自己的天地。"

好像很简单。

"不要给你父亲麻烦。"她还为他说好话,"他深爱你,对女儿,他从不吝啬时间金钱精力,为了替你找优质小提琴,寻到苏富比拍卖行去。"

母亲已届中年,脸上不化妆时有一层黄渍,洗之不去,眉梢眼角,尽显憔悴,她对女儿说:"全身需要大装修了。"

她拎着简单行李,一个人到西方闯关。

今年,小山中学毕业,成绩尚可,六优二良。

沈宏子惋惜地说:"中文与地理有什么理由拿良,再略加用神,即是八优。"

可是,十八个优父母也不会复合,她沈小山的快乐童年一去不回来。

不过,当时她很理智地对父亲说:"我已尽了力,那才最重要。"

沈宏子立刻接上:"小山你说得对,爸太贪婪。"

他奖小山一只金手表,背后刻字:爱女小山中学毕业纪念，父赠。

可是，小山只是他的女儿。

他只会为女伴染发减肥补牙。

小山不是妒忌，她从来不是一个幼稚的女孩，她只是感慨。

而且，这一切悲痛创伤都得放在心中，因为正像妈妈所说，父母离婚已不是新闻，那样普遍悲剧，岂能挂嘴边。嘀，你以为只有你爸妈不在一起？有人会说：我爸又结又离三次，各有子女，我妈也不甘示弱，四个子女，各不同姓氏……还是不要声张的好。

渐渐像一只密封压力锅，小山可以觉察到锅内热空气膨胀，已无处可遁。

迟早会炸开来的吧。

大爆炸那一日，是小山十七岁生日。

沈宏子一早问她："可要请同学吃饭？有男朋友，不妨叫出来看看。"

小山想了想："我希望一家三口一起吃饭。"

"你妈妈没有时间，我偷偷告诉你，她已有男朋友。"

什么？小山下巴落下。

"我也是听朋友说的，那人是当地一名建筑师，有事业基础，与洋人前妻育有三个儿子，都是混血儿，倘若他俩有将来，你就是他们的妹妹了。恭喜你，一屋都是兄弟。"

小山铁青着脸，不能相信父亲有这种幽默感。

"今晚，我介绍你认识郭思丽，她对你爸十分重要。"

小山看着父亲，来了，来了。

沈宏子说下去："思丽的父亲是著名大律师郭颂彬，你可听过他名字？思丽结过一次婚，没有子女，她本人也是剑桥法律系高才生，在她父亲律师行做事，她对于一个中上级公务员如我的社会地位有极大帮助，你明白吗？"

小山不出声。

多好，也许她将来可以说：我父亲是建筑师，我母亲是伟大律师，但是，他们没有生过我。

她这样对父亲说："我希望单独与你一起过生日。"

"你总要见见思丽呀，我俩已谈到婚嫁。"

什么。

竟这样快。

一家三口，各奔前程。

父母已经各归各寻找幸福去了。

"我们七点钟到美国会所晚饭，衣着得体一点，可是又无须太过隆重。"

下午，小山观看学习电视台节目，正是她最有兴趣的著名火山剧集：夏威夷的基罗威亚[1]，意大利的维苏维斯[2]，马汀尼[3]的庇利[4]，以及爪哇的阔克吐亚[5]。

节目旁述员这样说："世纪初阔克吐亚火山爆发，把整个岛炸掉一半，火山灰吹至伦敦，震中远及澳大利亚，火山炸开之前曾有一日一夜沉静。"

小山此刻也没有动静。

母亲的生日贺卡寄到。总比叮一声收过分潇洒的电邮好，可是一看便知道是超级市场放出口处那种廉价一般卡

---

[1] 基罗威亚：又译为基拉韦亚（Kilauea）。

[2] 维苏维斯：又译为维苏威（Vesuvius）。

[3] 马汀尼：又译为马提尼克（Martinique），法国海外大区之一。

[4] 庇利：又译为培雷（Pelee）。

[5] 阔克吐亚：又译为喀拉喀托（Krakatau/Krakatoa），位于爪哇岛和苏门答腊岛之间的巽他海峡。

片，少年人心思特别缜密，故此小气计较。

信里附着一张支票，更加叫她不悦，像是说：这里是五百元，去，去，随便买些什么。

小山不出声，把支票夹在地理课本里当书签。

她取出一件连身裙让女佣帮她熨一熨。

女佣好心地说："这件衣服怕太窄。"

果然如此。

"太太临走有好些晚服没有带走，你可要试试？"

好主意，母亲的晚装大方端庄，不露前后，十分得体。

小山挑一件灰紫色丝绒外套配牛仔裤。

她有一副同学送她恶俗得趣怪的大钻石耳环，戴上，衬得一张脸顿时靓丽起来，少女嘛，什么都经得住。

小山专等父亲来接。

肚子饿，她吃薯片。

沈宏子的电话终于来了："小山，听着，不好意思，我走不开，待会儿又要去接思丽，这样吧，你叫部车子自己到美国会所去。"

小山立刻说："我不吃这一顿了。"

可是她父亲已经匆匆挂断电话。

女佣轻轻走过来："不怕，我陪你去。"

她也有点私心，小姐若是留在家中，她又得服侍小姐，那可麻烦，不如送她赴约。

小山忍气吞声。

辗转到达目的地，迟了十多分钟，一看，沈宏子已与女伴坐在那里，头似乎碰到头，秘密地不知说些什么。

小山想：你们已经说了一天一夜了吧，留些时间给生日女可好。

小山走近，他俩抬起头来。

小山看见了郭思丽，只觉她年纪老大，面孔与身体都有点臃肿，穿戴一级名牌，双手抓紧放在膝头上一只俗称嘉莉的鳄鱼皮手袋，这只皮包曾做过一部美国电影的主角呢，价值与一部日本小房车相等。

沈宏子即时为她两介绍。

郭思丽很客气，毫无亲切感，送上一只小小淡蓝色盒子，话题一转，说到最近一宗版权官司。

菜上来了，大家轻轻吃，小山觉得食不下咽。

沈宏子兴奋地说："小山，刚才我向思丽求婚，她答允了呢。"喜不自禁。

小山心里生出深深悲哀。

母亲容貌身段笑容胜过郭女士多多，父亲难道看不出来。

"小山，你不恭喜我们？"

小山实在说不出口。

忽然她想起英国威廉王子，他母亲辞世不久，他父亲欲与老情人正式亮相，问他："你可赞成？"

小王子答："爸，只需你高兴。"

赞成与反对哪里由他。

小山轻轻说："爸，只要你高兴。"

沈宏子咧开嘴笑，他觉得满意。

可是郭思丽的脸一沉，明显不悦。

她本来老气，一板面孔，小山觉得她有点像传说中的西太后慈禧。

气氛很僵，空气中有张力。

沈宏子搓着手："我们打算明年旅行结婚，小山，届时你已进大学，但是，家永远是你的家，不过，我将搬出与思丽住到宝福路。"

小山抬起头诧异地问："爸，我们在宝福路有住宅？"连少女都知道那是贵重地段。

沈宏子有点尴尬："啊，住宅是郭家送给思丽的结婚礼物。"

原来沈宏子甘心做入赘女婿。

小山说："爸，你都忘了。"

沈宏子一怔："忘记什么？"

"我们一家三口的快乐时光，现在，你已不认得我，你把一切都丢在脑后。"

这时，郭思丽牵了牵嘴角，双手把名贵手袋抓得更紧。

沈宏子又惊又怒："小山，你今天撞邪？穿着你妈的衣服，讲话口气似足你妈！"

小山霍地站起来："这顿饭吃完了，祝我生日快乐。"

沈宏子拉住女儿："你给我坐下来，你别过分。"

小山忽然这样说："我不是你妻子，你不能呼喝我。"

这时，邻座客人已经转过头来。

郭思丽急得嘘嘘连声。

小山头也不回地走了。

到了楼下，内心凄惶，到什么地方去？今天可是她十七岁生辰呢。

小山站在楼下，华灯初上，霓虹光管铺天盖地，一辆吉普车路过，司机眼尖，看到她，大声叫："沈小山，去哪里？"

小山认得是同学，连忙扬手。

"快上车来。"

车上已经坐着三四个人，大家嬉笑着腾出空位给漂亮少女："快。"

小山走投无路，身不由己跳上车子，无论到什么地方去都好，她快憋疯了。

有人给她一瓶啤酒，她对着瓶口喝下半瓶，车上乐声震天，小山忽然捶着胸口大叫起来，直想把郁闷之气发泄出来。

叫了半晌，略为好过，又忍不住泪盈于睫。

一车年轻人，快速，醉醺醺，不知目的地，去到哪里是哪里，多痛快。

但沈小山一向是个乖孩子，她发觉众人都没有系上安全带。

这时，忽然传来警车呜呜。

司机吃惊："怎么办？"

"停车好了。"

"不，我体内酒精含量超标。"

会说这样的话，或许还不是醉到贴地。

说时迟那时快，车子急转弯时失控，众人尖叫起来。

小山只觉像电影中的慢镜，吉普车在电光石火间翻转身子，打了一个筋斗，车子里的五个年轻人像骰子般转动，乱成一片，有两人被弹出车外，大叫呻吟。

小山被人压在车底，动弹不得。

她也不觉痛，耳畔听到警车与救护车呼啸而至。

啊，车祸。

她活还是不活？神志倒一直清醒。

真倒霉，上错了车死错了人。

小山看到白衣救护人员赶到，一个个把同学抬出去，终于有人看到了她："还有，还有，这个也活着，正眨眼呢。"

不知怎的,小山竟觉得有点尴尬。

救护人员劳动电锯,把车门锯开,将小山小心拖出。

浑身鲜血的小山一声不响,咬紧牙关死忍。

救护员十分讶异:"你只折断手臂。"

小山啼笑皆非。

救护车把她载到医院。

真是好去处,她的生日总算有了着落。

她问:"我的同学呢?"

"真是奇迹:全部存活,司机伤势较重,需做手术清除脑部淤血,可是也能期望完全康复。"

小山哧一声笑出来。

医生叹口气:"唉,少年人。"

他替小山注射镇痛剂。

稍后,沈宏子赶来了,医院递给他一包血渍斑斑的烂衫烂裤,他以为女儿没有了,不由得大声号叫起来。

小山幼时可爱模样历历在目:学走路了,开口叫爸爸,嘴里长出小小白牙,学英文字母……

完了，完了，他蹲到地上。

看护没好气把他扶起："这是医院，静一点，先生，你的女儿只不过手臂打了石膏。"

沈宏子啊的一声，惊痛稍减，挣扎着站起来，背脊凉飕飕，原来已出了身冷汗。

他的心又开始刚强：可恶，这孩子变了，活脱为不良少女现身说法。

他推开病房门，见到小山乌溜溜一双眼睛，也正看着他呢。

父女不招呼。

他轻轻走近。

小山还有别的伤痕，一边脸擦伤，搽了消毒药，斑斑驳驳，像科学怪人。

他哽咽地开口："小山。"

咳嗽一下，又从头开始："小山。"

仍然觉得语气需要修正，终于实话实说："小山，吓杀老爸。"

小山抱歉："我不是故意的，同学平日也很正常，就今晚疯起来，"越描越黑，"我只是在不适当的时间出现在不适当的地点。"

沈宏子掩脸："待你有了子女，才会知道我的感受。警察通知，只听到耳畔嗡的一声，整个人的血液像自脚底流光，唉。"

"爸。"

小山握住父亲的手。

就在这时，小山发觉病房门外有个身形一闪，小山又看到了那只名贵鳄鱼皮手袋。

她跟了来。

已足十七岁的沈小山忽然明白这个郭思丽大概是要成为沈家永久一分子了。

跟到医院来，可见对沈宏子也有点真心。

父亲好像觉得郭思丽会带给他幸福：她有学历、有嫁妆、有家世，她会帮到一个中上级公务员，他的官运可能从此发达。

郭思丽年纪不小，也一定懂得体贴他，爱惜他。沈宏子也该过些安定日子了。

他才四十五岁，起码还有三十年要过。

做女儿的要为他着想。

小山轻轻说："郭小姐来了。"

"嗬，是吗，我出去同她说几句话。"

他走开一会儿，又回来。

小山握着父亲的手摇一摇："这个暑假，我想去见妈妈。"

"你还在生气？"

"很久没见妈妈，每晚做梦都挂着她，梦见与她逛化妆品市场，或是试穿晚装。"

"她可能没有空呢，你不要为难她。"

"爸，此刻沈小山走到哪里都是包袱了。"

"小山，不可以这样说。"

"爸，替我办飞机票。"

"小山，思丽已与我讲妥，她年纪较大，已过生育年龄，我们不打算要子女，你是爸唯一的孩子。"

这个消息真是安慰，小山也怕大学毕业回家一看，黑压压人头，一群鸭子般，已四五个半弟及半妹。

只得她一个，到底金贵些。

妈妈的年纪也不小，男伴已经有三个大男孩，她大抵也不会老年冒险生育。

总算不幸中的大幸。

"慢慢你熟悉郭思丽，你会知道她有许多优点，她热心公益，她学问精湛，她写过一本关于红酒的书，她是聊天好对象。"

一定是。

小山黯然。

"我们明天见。"

"爸，记得飞机票。"

沈宏子走了。

那郭思丽就在门口等他。

难得两个中年人仍有这份情怀，彼此珍惜，年纪、学养、背景也还算接近，小山想穿了。

爸，只要你快乐。

小山鼻子一酸，淌下泪来。

第二天一早，沈小山又是一条好汉，举着石膏手臂到处去探望车祸中受伤同学。

连她一共五人，小山伤势最轻。

一个女同学面孔缝了百余针，一条大腿打了钢钉，仍只算轻伤，医生称"情况令人满意"。

头部受伤的司机包扎得像印度人，双眼肿如金鱼，小山担心。

"我是谁？"她探近问。

他却这样答："你是我老婆。"

可见都没事。

小山歇斯底里地笑起来。

在旁人如郭思丽眼中，这不良少女怙恶不悛吧，沈宏子千好万好，有这个堕落女儿真正不好。

傍晚，他带来消息。

"小山，与你妈联络上了。"

"飞机票呢？"

"小山，她约好男伴到欧陆旅行，一早定好行程，不能更改。"

"不想更改。"小山这样说。

"也许是，请你体谅。"

"暑假长达八十余天，我已决定去她那边。"

"她替你安排了一个去处。"

"我自己同她说。"

"小山，我与你讲也一样，我劝你不要去，你姓沈，你妈姓常，她的男伴姓余，你们不是一家人。"

"她是我妈妈。"

沈宏子叹口气："在那边，你是只油瓶。"

"封建！"

"小山，爸待你如掌珠，不想你受辱。"

"爸。"他有他的道理。

父女拥抱，小山怒气渐渐平息。

沈宏子无奈："去去就回来。"

小山点头。

忽然他高兴起来："思丽给你的礼物可喜欢？"

又是他的郭思丽，小山还未把礼物拆开。

"你知道我上司杨世芬吧，平日不苟言笑，板着一张脸，不停一支接一支抽烟，熏得全体下属肺癌，此君却原来是思丽家远亲。嘿，一日郭家请客，他也在，老远看见我就过来满面笑容打招呼，原来他会笑呢，真没想到，向我打听郭家两匹马'妈之宝'与'爸之珠'可有机会跑出来，哈哈哈，谁会想到。"

沈宏子既开心又感慨，更感激女友一家为他扬眉吐气。

小山实在不忍扫他的兴。

爸，只要你快乐。

还有，母亲那边也是，妈妈，只要你高兴。

她出院了。

过些日子，小山回到医院拆石膏，看护细心照料："你看，肌肉有点萎缩，慢慢才会恢复。"

小山递上那只淡蓝色小盒子："聊表心意。"

看护意外："你不必客气，盒子里是什么？"

小山也不知道，反正她不想收这件礼物。

下午，她与母亲通电话。

父亲已经警告过她，可是小山真没想到母亲声音会这样冷淡。

"小山，你应该提早预约，我的公寓正在装修，住不得人，我与朋友六个月前订了船票往欧洲旅行，我真不知如何安置你才好。"

"替我租一间旅舍。"

"小山，你为什么一定要来？"

小山无奈："偏同你过不去呀。"

"我送你往日本旅行。"

"妈，我想见你，我有话要说。"

"整个夏天我都会在地中海。"

电光石火之间，小山明白了。

"妈，你去欧洲是度蜜月，所以不可改期。"

常允珊沉默。

"我猜得对不对？"

半晌常允珊才回答："我们打算在伦敦注册。"

小山仍不死心："我可以观礼吗？"

"双方都不想邀请子女。"

"我爸可知道这事？"

常允珊忽然笑："干他什么事？我同他，此刻是一点关系也没有了。"

"你不打算告诉他？"

“有机会再说吧，我自己忙不过来，小山，你仍然坚持己见？”

“我一定要来。”

“你这样固执是像谁？”常允珊烦恼。

小山不假思索地答：“你。”

常允珊叹口气：“我想想法子。”

小山忽然问：“他对你可好？”

“过得去。”

“你与他三个孩子合得来吗？”

“我没想过要做他们母亲。”

“相处得好吗？”

“我不与他们同住。”

“他们是否混血儿？”

这时有人叫她：“珊，珊。”是个男声。

“小山，我不与你说了，我尽量安排，再与你联络。”

电话挂断。

小山的头垂得很低，几乎贴到胸口。

稍后，她听到父亲在客厅讲电话，对方当然是郭思丽。

"……小山并非问题青年，那是一宗独立的意外事件，不可混为一谈……"

小山羞愧，她太轻率了，一贯奉公守法、品学兼优的她，一次失策，便成为终身污点，以后十年再规矩，也还是保释犯。

她好不后悔。

稍后，沈宏子探头进来："我与你母亲说话呢。"

原来不是郭思丽。

真意外。

沈宏子说："你又没有男朋友，否则，他会陪你消磨时间。"

小山不出声。

"没有喜欢的男同学吗？"

小山微笑，千方百计要推卸她这个责任。

"你妈妈的男伴，叫余向荣，你见了他，叫他余叔叔好了。"

小山不以为然："我哪来那么多叔伯，我何须讨他欢心。"

"说得好，那么，叫'喂'吧，小山，对人无礼，你即成为无礼之人。"

"叫余先生也就是。"

沈宏子点头："这也还算尊重。"

就这么说好了。

第二天，到医院复诊，轮候时间，对面长凳上坐着两个中年太太，长嗟短叹，听仔细了，原来抱怨女儿与媳妇。

一个说："能不长瘤吗，都是气出来的，媳妇一定要再嫁，并且把两个儿子带过去改姓换名，我立刻雇了律师打官司，同她死拼。"

另一个说："可是，孩子由她所生呢。"

"也是我儿子骨血呢。"

"法官都同情女人。"

"为什么不可怜孩子？明明是伍家子，却去姓陆，陆家见了都烦，我那姓戚的媳妇还自觉伟大，唉。"

小山听了黯然。

这情况同她相似，物伤其类。

"我的女儿也快嫁第二次了，幸亏低调处理。"

"是我与你特别看不开吧，把他们的事揽到自己头上。"

"其实，只要他们幸福。"

"这幸福二字，快变神话了，去什么地方找呢，我舍不得孙儿，法官叫我们庭外和解。"

轮到小山，她没机会听到结局。

手臂接驳得很好。

看护说："可以旅行，绝无问题。"

她把小盒子还给小山："太名贵了，我不便收取。"

小山至今不知盒内是什么，大抵是小饰物吧。

真是，送都送不出去。

下午，她走进书店，问店员："有无一本看来看去看不完的书？"

"有，前一章与后十章差不多，可以跳来读，又能够从尾看到头。"

"伟大，叫什么名字？"

"最高级，是乔哀斯的《尤利昔斯》[1]，握着都有分量，看不懂意识流不要紧。"

---

[1] 乔哀斯的《尤利昔斯》：乔哀斯又译为乔伊斯，即爱尔兰作家詹姆斯·乔伊斯（James Joyce），《尤利昔斯》又译为《尤利西斯》（*Ulysses*），意识流小说的代表作之一，创作于 1914 年，首次出版于 1922 年。

久仰大名，如雷贯耳。

"次一等，是托尔金的《魔戒》[1]，好比一部沉闷的《西游记》，长途跋涉，没完没了，到了一半，作者与读者都像忘了那样流泪所为何事。"

"请立刻替我把这两本书包起来。"

"这位小姐是要乘长途飞机吧。"

精灵的他猜对了，无聊才读书嘛。

碰到聪明人真开心。

偏偏沈小山却那么愚钝，明明知道父母已不可能再在一起，却死缠着要恢复旧观，多么讨厌。

晚上，母亲找她。

"小山，你醉酒驾驶受了重伤？你爸竟然一字不提，由我一个旧同事告诉我，叫我震惊出丑。"

小山解释："我若伤重就不会有说有笑，那是非精说三道四，把人家家事说回给人家听。"

---

[1]　托尔金的《魔戒》：托尔金全名约翰·罗纳德·瑞尔·托尔金（John Ronald Reuel Tolkien），英国作家。《魔戒》又译为《指环王》（*The Lord of the Rings*），是一部长篇奇幻小说，1954 年起陆续出版。

常允珊沉吟："你还是来一趟吧。"

小山松口气，随即心酸，见母亲需获批准，她是第一人。

常允珊说："太多事瞒着我了。"

小山心想：这叫贼喊捉贼呢，她自己什么也不对女儿说，再婚，也不让观礼。

"我替你订了来回飞机票，你可去福禄寿旅行社收取，那处老板娘姓张，是我一个朋友，她会教你下了飞机怎么走。"

"明白。"

"小山，我的公寓装修，乱成一片，你需到附近一个叫甘禄[1]的小城与亲戚暂住，我自欧洲回来即与你会合。"

小山瞪目："什么亲戚？"

"你去到便知道。"

"妈，请即时告诉我。"

常允珊说："那是我男友余家的亲人。"

小山大吃一惊："是他前妻生的三个混血男孩？不

---

[1] 甘禄：又译为坎卢普斯（Kamloops），加拿大不列颠哥伦比亚省南部城市。

不不。"

常允珊无奈地叹口气："小山，我已尽力，来不来随你。"

"你并无尽力。"

"小山，你已知我苦处，你故意刁难。你爸在半山的高级公务员宿舍是你的家，且有用人服侍，你并非流离失所，为什么逼我？"

小山忽然失控，大声叫嚷："因为我不想看到他与郭思丽卿卿我我！"

常允珊沉默半晌："来不来随你。"

电话挂断。

小山气得满屋乱走。

女佣给她一大碗菠萝刨冰，轻轻说："你当是旅行，增广见闻，一定高兴，喏，像去那种青年营，体验生活，很多年轻人都喜欢。"

她说得对。

事到如今，也只得这样了。

女佣说："我帮你收拾行李，你有皮肤敏感，到医生处配齐药再走。"

"谢谢你。"

女佣感喟："我七岁时父母就在一场台风中丧生，永远见不到面，多得亲人照顾才能存活，你自己当心，假使真的不妥，那里到底是说英语的文明社会，你立即回家来。"

小山握住她的手。

"晚上锁门睡觉。"

其实最理智便是取消此行，改往日本观光购物。

但是年轻的她心有不甘，一定要做些不恰当的事叫大人烦恼。

小山到旅行社取飞机票。

那位张太太见到她很客气："是小山吧，你妈说你是六优高才生，了不起。"

小山赔笑。

张太太把飞机票给她。

她随即摊开一张地图："你要去的地方在这里，是卑诗省 [1] 内陆甘禄市，不不，别担心，那里也是一个名胜区，

———————————

　　[1] 卑诗省：又译为不列颠哥伦比亚省（British Columbia），加拿大西部省份。

湖光山色，风景十分优美。但是，你需要在温哥华搭乘长途公路车前往，车程约三小时。"

小山低下头。

"暑假，许多年轻人往该处露营，有人去过音乐营，清晨，对牢湖畔的瀑布拉小提琴，感受优美，永志不忘。"

她把公路车票也交给小山。

小山嚅嚅问："没人接飞机？"

张太太笑："何须人接送，现代女性，豁达一点，我一把年纪都常常单身上路。"

小山连忙说："是，是。"

"这是花玛家的电话地址，你收妥了。"

"花玛，农夫？他们家不是姓余？"

"那三个男孩姓余，可是，那处并不是余家。"

"什么？"小山双眼越睁越大。

"花玛家是男孩们的外公外婆家，他们的生母姓花玛。"

"是他们妈妈的家？"

"不，他们的母亲在西部工作，且另外已有家庭，这三个孩子一直跟着外公外婆生活，可是费用全由父亲余先生负责。"

小山一时并没有完全听明白。

"那么，我呢？"

张太太胸有成竹："你是客人，你每星期连食宿付三百大元。"

原来，真是去参加青年营。

啊，希望不是一个军营，或是俗称"靴子营"，那里有残酷严峻的军令吗？

张太太看着她："出发与否，随便你。"

小山真的踌躇了。

"小山，一看就知道你不是一个淘气鬼，你此行大抵是要向自己证明一些什么，可是这样？"

小山点点头。

"记住，公路车上别瞌睡，千万不可乘顺风车，护照最好挂脖子上。"

小山笑了。

"我也有两个女孩，比你大一点。"

"有张太太这样的妈妈真幸福。"

"是吗，谢谢你，可是我的女儿却有三年不与我联络了。"

"为什么？"小山吃惊。

"因我再婚。"

小山噤声。

"她们不喜欢我丈夫，说他淘金，贪图这家小小旅行社，所以啊，小山，你要体谅你妈妈。"

小山终于鼓起勇气："为什么要再婚？"

真没想到张太太这样坦白："因为中年人也是人，亦想得到伴侣，过几年温馨生活。"

小山长长吁出一口气。

这时，张先生自外边回来。

他明显比张太太年轻一点，为人随和爽朗，他手上捧着新鲜热辣的食物："炸臭豆腐加酿青椒，快趁热吃。"

张太太笑不拢嘴："有客人在呢，这是沈小姐。"

"沈小姐，别客气，这是国宝，到了外国没的吃。"

又斟出热茶给小山。

小山有点明白，又不甚明白。

她收好张太太给她的飞机票及其他资料，向他们告辞。

回到家，她在电脑上做了一个图表。

把农夫、余、常、沈几家人的错综复杂关系列了出来。

小山开始明白他们之间的联系，不禁捧着头叹口气。

她用手擦了擦双眼。

父亲下班回来，他带着一个人。

还用说，当然是郭思丽。

沈宏子扬声："小山，有你喜欢吃的榭露茜蛋糕，快出来。"

小山心想，臭豆腐与榭露茜，什么都好，只要有爱心。

她匆匆出房，有人刚好进来，撞个正着。

郭思丽一眼看到小山房内布置，连慢条斯理的她都不禁哗一声。

只见书桌上放着两台接驳在一起的电脑，地上又有一台手提，一床全是书籍、激光唱片、替换衣服……

只听见沈宏子笑声震天："突击检查，小山，你出丑了。"

女儿出洋相竟叫他那么开心，小山真替他庆幸。

他的确比从前快活，郭思丽功不可没，忽然之间小山原谅一切，她也笑说："青少年房间多像炸弹轰过。"

郭思丽挑个地方坐下，沈宏子退出。

郭大小姐有话要说？

果然，她取出一只白纸信封，交到小山手中："这是我在温哥华市中心一层小公寓的门匙，一直空着，有需要的话，你可以去住。"

小山不由得啊一声。

没想到她会来帮她。

"地址在信封里边。"

郭思丽一眼看到案头杂物里那只小小蓝色盒子。

"你还没拆开？我帮你。"

她打开盒子，原来里边放一条时髦银项链，郭思丽帮小山戴上。

"你爸说，本来还打算生小湖、小川与小谷呢，现在只有你一名。"

小山微笑不语，这是怀柔政策吧。

"旅途中请你至少每天打一次电话回家。"

沈宏子这时走进来放下一台最新摄影电话。

小山不得不说："谢谢你们。"

他俩出去了。

女佣与小山分享蛋糕。

她说："郭小姐很大方阔绰，她有自己的用人，叫我留在这里服侍你。"

是吗，有钱好办事。

"小山，算是不幸中的大幸，你说是不是，有些继母，二话不说，走进来霸身家，吵得鸡犬不宁。"

小山叹口气："你说得很对，谢天谢地，我何其幸运。"

最惨的是，小山是由衷这样想。

葡萄成熟的时候

贰·

毕竟是陌生的国度陌生的床，

深夜，耀眼的金星升到半空，

小山欣赏了一会儿，才睡着了。

她挽着简单行李出发。

到了飞机场，举头一看，人山人海，已经倒抽一口凉气，想打退堂鼓。

她出过许多次门，自五六岁起时髦的爸妈便带她旅行，每次都不必看方向，只需跟着大人走。

今天不一样，她得火眼金睛保护自己。

听说有同学一出飞机场就被扒手盗去所有财物。

两小时内过了七次关，检查护照飞机票行李全身之后，小山总算坐在飞机上。

她忽然想直奔回家。

可是引擎隆隆节奏，使她镇静下来，她靠窗睡着了。

半晌，觉得有人靠在她肩膀上，小山睁开眼，见是一中年男子油腻腻的头，他的手正搭在她大腿上，小山不禁恶向胆边生，到处有这种下流的男人。

她勇敢地叫起来："救命，救命！"

这时的飞机舱同从前不同，一听这两个字，所有乘客十二分紧张，大声跳起来问："什么事，发现什么？"

小山指向猥琐中年汉，立刻有壮男上去反拗他手臂，扭得他尖声叫痛。

"你带着什么武器，说！"

副飞机师也赶来把他按在走廊地下，一脚踩他头上。

"小姐，你看到什么？"

小山连忙解释。

那壮汉说："更可恶，欺侮单身少女，难为你也有妻儿。"

飞机师吩咐手下："把沈小姐调到头等，这位刘先生有狂躁症，把他绑牢，通知地面，降落时将他交给警方。"

其余乘客鼓掌吹口哨称好。

可是小山必须充当证人。

这是不愿忍气吞声的后果。

旅程剩下来时间安然无事。

电视荧屏上有节目选举十大最性感电影。

邻座一位太太看了名单冷笑连连，嗤之以鼻，显然反对到极点。

她的同伴笑问："你又有什么意见，本世纪哪套影片可得头奖？"

那位中年太太答："我肯定是希治阁[1]的《后窗》，无须商榷。"

小山想，有那样的一出戏吗，她得找来看看。

她说下去："性感是男女之间爱与欲一种似有似无的张力，同剥光衣裳满床打滚一点关系也无。"

"嘘。"

她俩笑了。

到处都是有学问的人呢。

飞机降落，小山接受警方问话后离去，站在马路中央，她有一刻犹疑，随即到长途公路车站去。

---

[1] 希治阁：又译为希区柯克，全名阿尔弗雷德·希区柯克（Alfred Hitchcock），英国、美国（双重国籍）导演。

她坐到旅游车最后一排。

这时，离家已有十八小时。

小山不觉累，她取出摄影电话，举高替自己拍了几张照片，电传回家给父亲。

旅游车在宽阔公路上疾驰。

这个国家真奇怪，到处都是绿林流水，他们的路名也跟着环境走：每个城镇都有绿木路、野林巷、北林道、罗宾汉街、千道川路……

一位老太太见小山凝神看风景，轻轻说："春天更美呢。"

旅游车半途歇息让乘客方便兼买杯咖啡。

小山见超级市场有极大极美白桃，买了几只剥来吃，汁水淋漓，十分痛快，既饱肚又解渴。

嗬，变流浪儿了。

母亲此刻是否在伦敦某教堂行礼?

妈妈小山恭祝你白头偕老，生活美满。

车子继续向前驶。

到了总站，小山背上背囊下车。

站长问她："认得路吗?"

"我去露意思溪。"

"找谁？"

"花玛家。"

"花玛酒庄？鼎鼎大名。"

小山又惊又喜，是一家酒庄，那是怎么一回事？

"记住今年的葡萄酒，天气酷热干爽，一连两个月没有下雨，破半世纪纪录，葡萄却特别香甜丰收。"

"这里有葡萄园？"

"唷，小姐，你好不孤陋寡闻，什么，只有意大利塔斯肯尼 [1] 与法国波多 [2] 才生产葡萄？"

啊。

小山雀跃。

这真是意外之喜，想都没想到农夫家是一座葡萄园及酿酒厂。

"老花玛每年都送酒给我们喝。花玛家葡萄酒全国享有盛

---

[1] 塔斯肯尼：又译为托斯卡纳（Tuscany/Toscana）大区，意大利著名葡萄酒产区。

[2] 波多：又译为波尔多（Bordeaux），位于法国西南部，著名葡萄酒产区。

誉，可是他独生女却没有兴趣承继事业……咦，你是谁？"

小山露出笑脸："我是客人。"

"我知道了，你是花玛外孙的小女朋友，可是这样？那三个男孩有一半华裔血统呢。"

小山忽然问："你们可有歧视华人？"

站长看着少女，很认真地说："我不会回答这种问题，各人感受不同。"

"谢谢你。"

"那边有计程车，十多廿元车资，你可以到达花玛酒庄。"

小山抬头张望，希望有人来接，但是没有。

车子驶抵花玛家，她下车来。

转头一看，呆住。

原来花玛家平房的位置在一座小小山丘上，往低看，是一望无际一行一行翠绿色葡萄园，工人正在做收成工作。

蓝天白云，阳光普照，叫小山深深吸气。

啊，毕竟没来错。

这时，有两条金色寻回犬飞奔近，围着客人打转。

一个胖胖的管家出来问："是沈小山吗？"

"是我。"

管家笑着抹去手上面粉。"他们都在园子里，让我介绍，"她指着寻回犬，"那是醇酒与美食，我叫金，我是厨子兼管家，负责七八人饮食，有什么事，你找我好了。"

"请带我到房间。"

"这边。"

平房角落有一阁楼，连着小小露台，推开窗户，只看到鲜粉红色流浪玫瑰攀满一墙，那香气被阳光蒸了出来，洋溢在空气中，叫人心花怒放。

"哗。"小山忍不住这样说。

"喜欢吗？"金笑着，"祝你有一个愉快的假期。"

她出去了，半晌取来一盘食物，是自家烤的面包以及乳酪水果牛奶，十分简单，却又丰盛。

小山先淋浴，接着大吃一顿，又到处拍照。

屋子布置基本朴素：原木长台长凳，可坐十余人，大安乐椅对牢壁炉，十一月就可生火。

大门敞开，不关上，也不锁。

这完全是另一个世界。

金在厨房做巧克力饼干。

她抬头对小山说："三兄弟及外公外婆都在地里工作，今年大丰收。葡萄这件事很奇怪，天气越坏，土壤贫瘠，它越生长芬芳。"

有这样的事。

"雨水一多，土质肥沃，它长枝长叶，反而不长果实。"

"葡萄园有多大？"

"哈，千多公顷地吧，山坡另一边是厂房，可要下去看看？醇酒美食会带你走。"

两只狗巴不得可以外出奔走。

他们气喘吁吁赶到地里，只见印籍工人背着箩子用剪刀逐束葡萄剪下，原来这个过程仍然全靠手工，人手万岁。

小山不到一会儿已经汗流浃背。

工人把葡萄集中在拖拉机车斗里，运往酒厂处理。

这时有人走近："你是小小一座山。"

小山听见这样称呼，满心欢喜，觉得似印第安人的名字：坐着的牛，草药帽子……对，她正是小小一座山。

"我就是她。"

对方是一个穿工人裤的少年，同小山差不多年纪，他说英语："这时候才到？我们一早等到傍晚。"

如此友善，叫小山放心。

少年浓眉大眼，十分漂亮，正好是一般人心目中混血儿模样，他改用普通话："我叫余松培，三兄弟之中我最小，大哥与二哥正在厂房与经理说话，每个暑假，我们都来园子帮手。"

"你会中文。"小山意外。

"哈，小时候父亲严刑敲打着强逼学习，今日会讲会听，书写还是不行。"

小山笑了。

他上下打量小山："因此，你将成为我们妹妹？"

他们也都知道了。

两人都露出黯然之色。

他对她，或者她对他，都毫无偏见，可是，余松培明显不希望父亲娶小山的母亲，沈小山也不高兴母亲嫁给余某人。

余少年抓抓头："也许，我们可以做朋友。"

"朋友。"小山伸出手去。

两个人握手。

身后有人说:"沈小山来了?"

那是一个满头银发的老人家,壮健如牛,可是阳光空气真正有益。

他戴着草帽,可是皮肤还是晒得黧黑。

小山连忙称呼:"花玛先生,你好。"

"小山,叫我外公好了。"

小山微笑。

外公也笑:"同你外婆一样,是个美人呢。"

嗳,这个家庭不错。

老人忽然凝视远处,伸手指着远处。

小山朝那方向看去,什么也没有看到。

松培说:"那边,看着灰色浓烟没有?那是山火。"

小山看仔细了,是有一缕浓烟缓缓升起,与云层接连。

老人说:"已经控制住,不碍事,源头在巴利埃区。"

"大哥二哥收工没有?"

"咦,他们来了。"

小山看见两个大汉走近，他俩与松培不同，比较严肃，朝小山点点头，随即与外公谈起公事。

松培说："我陪你去看厂房。"

厂房全用巨型不锈钢蒸馏机器，工作人员穿白袍戴手套口罩来回巡视。

再也不会看得到用脚踏葡萄取汁的情况了，小山怅惘。

空气中全是水果香味，叫人垂涎欲滴。

回到平房，只见大哥二哥脱去汗衫，光着膀子在吃水果，一见小山，慌忙取衬衫披上。

金笑说："今时不同往日，家里有客人呢。"

小山觉得不好意思。

那两个英俊高个子自我介绍："我是老大松开。""我是老二松远。"

"我是小山。"

他俩见小山打扮朴素，举止有礼，略为放心。

有其女必有其母。

这时外婆捧着一盆烧牛肉出来，三兄弟一见连忙扑上去抢吃。

什么肉这样香？伴蔬菜沙拉夹面包是最佳晚餐。

外婆过来拥抱沈小山一下："当作自己家里一样。

"小山这样瘦小，吃多一点。

"去年两个日本美术系交换学生来住了一个多月，胖了十磅才走，哈哈哈。"

小山也是交换学生，不知怎的，藤牵瓜，瓜搭藤，竟交换到花玛酒庄来。

黄昏，天空满是红霞。

谈到丰收，人人脸上露出笑意。

太阳到九点才落山。

小山打电话留言给父亲。

"三个男孩很文明，老大老二超过廿一岁，有代沟，不大理我，老三则十分友善，老农夫妇大方可爱，我很满意。"

但，毕竟是陌生的国度陌生的床，深夜，耀眼的金星升到半空，小山欣赏了一会儿，才睡着了。

小山七时起床，但是农夫家更早，金说他们五时已经开始工作。

金捧出丰富早餐，取出一只铁圈，叮叮叮敲响，小山刚在奇怪，这是叫谁呢。

不到一刻，一人二犬应召扑下。

老三松培叫小山："快，吃饱早餐一天都饱。"

小山对"黄口无饱期"这句话有了新的认识。

只见一桌热辣辣克戟[1]、煎蛋、烟肉[2]、薯蓉[3]、面包，小山看了发呆。

金却说："别担心，小山这是我请你的私房菜。"

一看，是一大碗白粥及各式韩国泡菜。

小山感动之至："金，你是韩裔。"

她笑："可不是，晚上做烧饼你吃。"

一看，老三已吃得碗脚朝天，正看着小山嘻嘻笑。

小山问："你为什么不去工作？"

"我这一更自十时至傍晚八时。"

那也很辛苦。

小山问："你在学校读什么？"

---

[1] 克戟：指法式薄饼，是英文 Crape 的音译。
[2] 烟肉：指熏肉、培根。
[3] 薯蓉：指土豆泥。

他答："同你一样，今年九月升大学，已获北卑诗[1]录取，选机械工程科，对，你呢？"

"我将在温哥华读文科。"

"住你母亲家？"他怪羡慕。

小山摇摇头："人挤，我会住宿舍。"

"那处宿舍出名拥挤，你不怕没有空位？"

"那么住民居，租间房间。"

"你要立刻着手处理。"

没想到老三这样关心她。

"他们呢？"

"大哥已经毕业，他读酿酒学，又游遍欧美葡萄园，学以致用，葡萄改良后根部不再轻易腐烂，我们去年尝试的冰酒销量第一，他的功劳最大。"

"看情形他打算承继花玛酒庄。"

余松培嗯了一声，不接口。

小山即时觉得有点蹊跷。

---

[1]　北卑诗：指北不列颠哥伦比亚大学（The University of Northern British Columbia，UNBC），又称北英属哥伦比亚大学。

"二哥读会计，也帮酒庄很多，你看我们三人无一读建筑。"

"行行出状元。"

"你说什么？"他觉得动听。

"这是一句华人老话，指每个行业都有最佳人才。"

"来，我带你到外边走走。"

松培给她一部脚踏车，两人骑着车往山坡另一面走，忽然眼前豁然一亮。

"哗。"小山不禁大声赞叹。

只见山谷里有一个像蓝宝石那般明艳的湖泊，将山与树倒影到水里去。

"像仙境。"

有人扬帆，有人嬉水，那么远都似听到欢笑声。

小山兴奋地说："我们也去。"

可是老三的眼睛看着远方。

小山也看过去，昨日那堆灰色的烟霞，散布得更广阔了一些。

忽然之间他们看见有直升机轧轧飞过来，到了湖边无人之处，忽然垂下吸管吸水。

"嗬，是救火飞机。"

老三说："正是。"

湖面被直升机桨翼打起巨大涟漪，蔚为奇观。

不久，直升机飞走，引擎声在山谷中激荡。

半晌，小山问："这个湖，叫什么名字？"

"浣熊湖，那边还有一个鹿湖。"

"你们都担心山火吧。"

"每年都有雷击引起火头焚烧森林事故，今年特别干旱，五月已达红色四级警告。"

花玛家两只寻回犬忽然奔向他们。

"外公叫我们。"

"那回去吧，改天再来野餐。"

他们骑着车子回去，松培挑小路走，忽然看到一片德格拉斯杉林，这种杉树有浅灰绿色针叶，非常美观。

他们两人看到树林下有一对拥抱的情侣。

小山好奇张望。

松培却立刻说："别看。"他也看到了。

他拉着小山的自行车掉头。

小山眼尖，已经发觉那高大的年轻男子正是花玛家的老大余松开。

"那是你大哥。"

"嘘。"

他们另绕路回酒庄。

那明明是他大哥，女方肯定是他女友。

为什么这样神秘？

有这个必要吗？

只听得松培说："收成后最好下几场滂沱大雨。"

外公在等他们。

"小培，我们去远处看看山火。"

他开出一辆吉普车。

小山鼓起勇气问："我可以一起去吗？"

老花玛答："你是客人，不可历险。"

又问松培："见过大哥吗？"

小山没想到松培会这样回答："没见过，他大抵在写字楼吧。"

随即跳上吉普车走了。

小山好不诧异，老三为何推搪？

她回到屋里去，同金说："分派些工作给我做可好。"

金说："你是客人。"

"客人也怕无聊。"

"看书读报好了。"

"看得眼困。"

"那么，随我出去晾衣服。"

她们自洗衣机取出大堆湿衣物，到后院去晾在绳索上晒干。

金说："这样明丽太阳，一小时就可收回衣物。"

晾衣也讲技巧，四个男人的工作服工人裤又大又重，加上被单台布，晾满了后院。

金说："劳驾你了小客人。"

她给小山一大杯冰冻柠檬茶作为慰劳。

小山坐在阳光下，有点乐不思蜀的感觉。

在都市里，唯一可走的路便是出人头地，咬紧牙关往上爬，并无选择。

可是在这里，与大地打成一片，即可其乐融融，清风明月镜湖阳光，均免费享用，何用太过辛苦。

小山到了才三天，价值观已经转变。

金说："我初到此地，年纪也与你差不多，一直帮人做管家保姆，主人家善待我，跟着花玛，已有三十年。"

"你看着他们三兄弟出世？"

"老大除外。"

"老大也不过廿岁出头呀。"

金笑："当时我不在场。"

"老大的女友是谁，长发披肩，身段苗条，一定是个美人，也是酿酒师吗？"

金诧异："你见过她了？"

"是呀。"小山还想说下去，忽然想起，闲谈莫说是非，立刻噤声。

"屋里还有事要做，我们自己做冰激凌吃，来。"

金带着小山进厨房，取出奶油细砂糖及一大包粗盐，抬出古老的搅拌机器，先把冰与盐摆好，再把材料容器放在冰上，关好盖，开始摇机器的把手。

小山说："嗯，十分科学化，盐可降温，把冰的温度降到零下，这是低温物理呢，据说冰激凌由蒙古人发明：他们有的是冰，又有许多乳酪，后来，由《东游记》[1]作者马可·波罗带回意大利，所以意大利的奇拉多[2]也十分美味。"

金微笑："你不说，我还以为冰激凌是日本人发明的呢。"

金是韩裔，自然也吃过日本人苦头。

小山答："他们只想霸占丝绸及造纸发明权，倒是没想到冰激凌。"

正在笑，后门一开，花玛祖孙回来了。

小山吓一跳，只见老三一脸煤灰，老人也好不了多少，浑身汗湿，颓然坐下。

金急问："怎么了，你们去过什么地方？"

老人洗一把脸。

"我们到山那边巴利埃区观察。"

"火烧成怎样？"

---

[1] 《东游记》：此处指13世纪由意大利旅行家马可·波罗口述、作家鲁思梯谦记录的长篇游记《马可·波罗游记》。

[2] 奇拉多：指意大利传统手工雪糕，是意大利语 gelato（冰激凌）的音译。

老三答："比想象中坏十倍。"

"啊，控制住几成？"

"控制？火势一日以数平方公里那样蔓延，这几日吹东风，已逼近巴利埃百年老木厂。"

"什么？"金吸进一口气。

"小培略走近一点，即被消防人员赶走，你看他头发眉毛都险些被热气烤焦，灾场中心温度高达千余摄氏度。"

小山张大了嘴。

"我在甘禄住了五十年，从未见过这种场面。"

金说："天气真的反常。"

"老大同老二回来，说我想见他们。"

"什么事，外公，记得我也有份。"

老农答："他俩是受过训练的后备消防员，此刻是出一份力气的机会了。"

沈小山肃然起敬。

这才叫一个社区。

松培说："柏树与杉树等闲三十英尺高，可是火头蹿到树梢，喷上半空争取氧气燃烧，像通红一座山似的压向消防员，几百人看去像蚂蚁，一般彷徨无助。"

金不出声，跌坐在椅子上。

"西边是一列百来户高级住宅区，居民大感惶恐，已利用泳池水淋湿屋顶以防万一。"

"不至于吧。"

老花玛叹口气："只得走着瞧。"

金吁出一口气。

小山想问：那么，葡萄园呢？

她硬生生把问题吞回肚中，兆头欠佳，不问也罢。

金说："冰激凌做好了。"

另外有两个声音说："我要一大碗。"

原来是松开及松远回来了。

自制冰激凌甜滑轻软，与街上现卖的不大相同。

松开忽然轻轻说："小山，央你做一件事。"

"没问题。"小山觉得荣幸。

"尚有半桶冰激凌，请你帮我送到路尽头小屋去。"

"给谁？"小山好奇。

这时，他外公叫："三兄弟过来，我有话说。"

老大露出略为急切的眼神，小山连忙点点头，他放心了。

小山挽起冰激凌桶往路尽头走去。

林子边有一条小溪，已经干到看见石卵底，溪畔有一间小木屋。

谁，谁住这里？

她走近已经有狗吠叫起来。

小山看到两只孔雀朝她走近，一只雄的忽然开屏，像是与客人比美。

小山笑了，太有趣啦，孔雀当鸡鸭鹅那般饲养。

大门打开。

啊，是她。

小山见过她，她是老大的女朋友，在林子里亲热那个，近距离看，更深觉是个美人：高挑身段，丰胸细腰，大大褐色眼睛，欧裔雪白肌肤。

小山笑着把桶子给她："叫我送来呢。"

她笑脸像花朵般绽开，伸手接过，转过身子去叫："约伯，约伯。"

谁是约伯？

只见一个小小男孩咚咚咚跑出来。

小孩只得两三岁，尚未及入学年龄，可是十分精灵，一见就知道是好吃的来了，雀跃拍手。

美少妇说："我儿子约伯，我叫哀绿绮思。"

小山吃一惊。

她已婚，有一子。

少妇轻轻解释："我丈夫工伤辞世已有三年，他没见过约伯，我是寡妇。"

短短几句话，已是一个女子不幸的半生。

小山不知说什么话才好。

"松开叫你来？"

小山点点头。

"你是松开的妹妹吧。"

小山又点点头。

"劳驾你了。"

她把冰激凌勺出，把冰桶还给小山。

小约伯已在大快朵颐，吃得一脸一身，非常快活。

"我告辞了。"

小山不便多话，她缓缓走回花玛家。

经过后园，看到晾出衣物已干，她取来藤篮把衣服收起折好，捧回屋内放妥。

金赞道："真是生力军。"

小山想开口，却有点踌躇。

"怎么了？"金一眼看出女孩有话想说。

"这个城镇，似世外桃源。"

"多谢赞美。"

小山回房看书。

稍迟她与父亲通了电话。

"看到许多从前未见过的人与事，大增见闻，余氏三兄弟友善礼貌，十分有教养，与外公外婆亲厚，我与老三谈得来。"

她又与母亲联络上。

"可是已经注册？"

"需轮候一个星期。"

小山问："紧张吗？"

没想到常允册会叹口气："被你猜中。"

小山笑出来。

"小山你心情比从前好。"

"是，小城空气水质食物都对人有益。"

"三兄弟可客气？"

"他们肯定是好孩子。"

"既然已经认识他们，我不妨对你说，老二与老三才真正是余家孩子。"

小山一时听不明白："什么？"

"老大不是余君所生。"

小山好不讶异："他是谁，他是领养儿？"

常允珊苦笑："是这样的：花玛女士在嫁余君之前，已经有一个孩子，他就是老大。"

小山嗬地一声。

她心中忽然无比同情余松开。

"花玛女士后来添多两个孩子，为着方便，把老大也改姓余，你懂了吧。"

"明白，松开与弟弟们同母异父。"

"你知道他们名字？你真好记性，亏你了，他们名字古怪难记。"

怎么会呢，怕是她对现任丈夫前妻子女有潜意识抗拒。

常允珊又说："花玛女士也再次结婚。"

小山忽然这样说："那也很好，一次归一次，绝非烂账。"

"嘿，你懂什么？"

"有些女子一辈子称小姐，也不见得没有男伴。"

"你喜欢他们，也是一种缘分。"

"我自己没有外公，叫花玛先生外公，分外亲切。"

"那你是去对了，电传照片中你晒得一脸通红，当心皮肤损伤。"

"我不怕。"

常允珊叹口气："'我不怕'这三个字是少年人最爱用句子，阻止不了，你自己小心。"

"明白。"

母女停止对话。

这时老三过来叫小山："外公请你也来。"

小山好奇，跟着他出去。

只见老花玛在后园草地上摆了一张长桌，铺上雪白台布，桌子上放着三瓶葡萄酒。

"小山，过来试花玛酒庄的新酒，请多赐教。"

小山受宠若惊，十分欢喜。

"不敢当，不敢当。"

只见三瓶酒颜色完全不同，在阳光下煞是好看。

花玛指着粉红色瓶子说："这是白色禅芬黛[1]，我们试一试，松开，开瓶。"

老大手法熟练，开了瓶塞，把酒斟进杯子里，那酒色像宝石般闪烁。

大家轻轻嘬一口，荡漾杯子，嗅嗅酒香，又再喝一口。

"小山，请给点意见。"

小山一本正经，像品酒专家似的说："新鲜、活泼，有橡木味，含杏子香及梨子清新，最适合配奶油汁鸡类主食，感恩节喝它最好。"

老花玛听了乐得大笑，立刻说："听听，这孩子多么识货。"

老三朝小山眨眨眼。

---

[1] 禅芬黛：又译为仙粉黛、金粉黛（Zinfandel），原产于匈牙利（一说原产于克罗地亚）的红葡萄品种。"白仙粉黛"实际上是一种浅桃红色葡萄酒，也由仙粉黛酿造而成。

他们的外婆也出来了。

"喝口水，清清口腔，再试花玛酒庄的镇山之宝。"

小山见那是一瓶琥珀色的梅洛。

"我们每年只产一万箱梅洛，得过卑诗省比赛第一名奖，远近驰名。"

"用何种葡萄？"

"园内种植十种葡萄，包括阿基利亚——那是一种大颗匈牙利级葡萄。"

老三笑："小山问与答均头头是道。"

外婆说："你们要加油啊。"

老大斟出梅洛酒。

小山嚯一口。"惊为天人！"她语气夸张，"充满活力的樱桃及覆盆子香气，兼备黑加仑芬芳，优雅如丝绒般质感，最适合配肉类共享，这瓶酒售价如在二十元以下，是真正优待顾客。"

老花玛大乐："嘿，它售价才十六元九角九分。"

这次连老二都说："小山真会说话。"

"最后一瓶，是花玛的莎维翁 [1]。"

小山说："我爱喝这个。"

"你小小年纪怎么懂得品酒？"

"家父嗜酒，我耳濡目染。"

小山尝一口莎维翁，又有话说："美丽的金色葡萄酒，带香草及橡木味感，具欧陆风味，配海鲜夫复何求。"

花玛非常高兴，呵呵大笑。

小山问："没有夏当妮 [2] 吗，没有宝茱莉吗？"

酒名真正美丽动听。

"我们有苹果西打 [3]。"

小山叫出来："西打伴芝士面包已经足够。"

谁知金捧着一壶苹果酒走近："来了来了。"

一家人兴高采烈。

看得出他们真为这几支本地葡萄酒骄傲。

小山有喝过品质更好的酒吗？

---

[1] 莎维翁：又译为苏维浓（Sauvignon），此处应指白苏维浓（Sauvignon Blanc），又名长相思，原产于法国的白葡萄品种。

[2] 夏当妮：又译为霞多丽（Chardonnay），原产于法国的白葡萄品种。

[3] 苹果西打：指苹果酒，西打是英文 cider（苹果酒）的音译。

她侧着头想一想，没有，管它是法国波多或勃根地 [1]，甚至意大利塔斯肯尼，名牌如罗斯齐 [2]，或者还不及花玛园子的土酒。

她举起杯子："健康、快乐。"

老花玛拥抱小山一下："多谢你的祝愿。"

这时，老大取过两瓶葡萄酒想从后门出去。

冲突开始。

他外婆问："去哪里？"

老大只说："散步。"

"别又走到那寡妇家去吧。"

老二与老三连忙精灵地避开。

老三朝小山使一个眼色，小山跟在他身后。

只听得老大分辩："外婆，她有个名字，叫哀绿绮思。"

"我知道，她还有个遗腹子叫约伯。"

"为什么慈祥和善的外婆不能容忍他们母子？"

---

[1] 勃根地：又译为勃艮第（Burgundy），法国著名葡萄酒产区。

[2] 罗斯齐：又译为罗斯柴尔德（Rothschild），是德国罗斯柴尔德家族所有的葡萄酒品牌。

老二轻轻走出前门。

小山问："你呢，你又去何处？"

"同学家。"

"早些回来。"

老二取笑小山："什么地方来的小外婆。"

他开着吉普车出去了。

小山坐在山坡看风景。

老三用手一指："新月左上方是木星。"

小山答："今年木星与金星都明亮。"

"我们外公来自白俄罗斯，本姓史特拉文斯基[1]。"

"嗬，与著名音乐家同名。"

"移民后外公应主流文化更改姓氏，我母亲不以为然。"

"他们只得一个女儿？"

"是，但母亲也不想承继酒庄。"

"人各有志。"

---

[1]　史特拉文斯基：又译为斯特拉文斯基（Stravinsky），下文提到的著名音乐家即美籍俄裔音乐家伊戈尔·菲德洛维奇·斯特拉文斯基（Igor Fedorovitch Stravinsky），代表作《火鸟》《春之祭》等。

老三看着小山："你仿佛事事处之泰然。"

"不不，我不是顺民，我曾经愤怒、失望、悲痛、彷徨、怨怼，我甚至想采取报复行动，叫父母痛心，可是，都熬过去了。"

"你很成熟智慧。"

小山摊开手："我们能做什么？生活必须继续。"

老三忽然问："你还相信婚姻吗？"

"我还没想到那么远。"

老三抱怨："看他们，一塌糊涂。"

小山拔刀相助："老大松开并没有错。"

"外公外婆不喜欢那女子，他应另选一个。"

小山没好气："你以为选购电视机？三十七英寸投射型不好就另挑外浆超薄型，要不，看六英寸液晶小荧幕。"

"外公外婆难道有错？"

"他们也没错。"

"那么，是社会的错。"

小山说："全中。"

"你真滑稽。"

"不能哭，只能笑。"小山长长叹口气。

"我不明白这个说法。"

"你想想，哀绿绮思岂不是一个值得同情的女子。"

"她是寡妇，靠政府援助金生活，没有职业，时时有陌生男人上门为她修葺屋顶通渠之类，年纪又比松开大许多，婆婆说她再也想不到有更坏的选择。"

"他们可是相爱？"

"婆婆说没有前途。"

"我知道松开爱她。"

"他如果不听话，贸贸然做事，他就得离开花玛酒庄。"

小山抱不平："他也是花玛的外孙。"

老三意外："你都知道了。"

小山连忙说："我是妹妹，当然知道。"

老三看着她微笑："对，你是妹妹，个子小小，相貌靓丽，人未到，你母亲已经送了礼物打好关系。花玛酒庄的招牌正是你母亲找名家代为设计的呢，外公非常高兴，你是受欢迎的尊贵客人。"

哀绿绮思不是。

小山轻轻推老三一下。

"嗬，想角力比赛？"

他也回她一下。

两人推来推去，很快滚在地上，他们大笑。

小山连忙咳嗽一声，这样说："说说笑笑，真是高兴，我是独生女，生活寂寞，很愿意做一个妹妹。"

"那么，我们都是你的好兄弟。"

葡萄成熟的时候

叁·

那种如火山熔岩似的奇异橘红色
直烙印到人的双瞳里去，永志不忘，
它像一幢火墙，
缓缓逼近。

这次无奈来酒庄，小山原先以为她会像英国十九世纪勃朗蒂[1]小说女主角，去到一个荒芜庄园，灰色的云，咆哮的风，大门一打开，屋里全是面色古怪目光仇恨的人……

但不。

这里每个人正常可亲，即使有缺点，也是正常人的烦恼。

小山刚准备就寝，花玛酒庄有客人到。

那是年轻的镇长。

一头金发的他同花玛家商议调动人手。

"老大与老二都有消防经验，每周每人可否做三十小时

---

[1]　勃朗蒂：又译为勃朗特（Brontë），此处指英国女作家艾米莉·勃朗特（Emily Brontë），小说《呼啸山庄》的作者。

义务工作?"

松开立刻答:"义不容辞。"

没想到老三也举手:"我呢,我也是壮丁。"

镇长迟疑:"你……"

"我可以做后方工作。"

"我们需要每一份人手,松培你也来吧。消防人员打算以火攻火:在森林与住宅区之间挖掘兼烧出一条渠道,隔离火场。你会挖土吧。"

"没问题。"

"明晨集合。"

老花玛说:"火场蔓延迅速,你得上诉省长,去联邦调动人手。"

"已经答允调动四百五十名军人前来。"

老花玛吁出一口气:"这像征兵打仗一样。"

"同大自然打仗,没有把握呢。"

小山自幼在城市长大,不大见过天灾,人定胜天的印象根深蒂固,今日她至为震撼。

那么庞大人力物力竟救不熄一场火,那是什么样的大火，不可思议。

"我还要去前边甘宝家。"

"那一家没有男丁。"

"叫甘宝太太密切留意山火情况。"

老花玛震惊："你的意思是，山火有可能波及这一带，那岂非整个省着火燃烧？"

镇长轻轻说："消防总长庄逊已经有数星期没有回家。"

他走了。

老三一抬头，看到小山蹲在楼梯角，他伸手招她下来。

老花玛问她："你都听到了？"

小山点点头。

"你可要现在离开？"

松培意外说："外公，不至于这样紧张吧。"

"新闻报告说巴利埃住宅区市民已经收到撤退警告。"

"但巴利埃离此有廿公里。"

他外公说："小山是贵客，我们需要了解她的意见。"

小山不假思索答："我不走。"

老花玛答："那么，我们一家人走一步看一步，过一天算一天。"

这样大的葡萄园，辛苦经营半个世纪的酒庄，此刻受到大地母亲的威胁。

不可想象。

那天晚上，大家都睡不着，老外公建议喝苹果酒聊天。

他总是说："把小山也叫来。"

短短一星期，小山已成为花玛家一分子。

外婆说："你们这些男人的衬衫裤子，都由小山洗熨，知道吗？"

"哗，怪不得笔挺，穿上怪英俊。"

"我的衣服还是第一次享受这种待遇。"

外公问："老二还没有回来？"

"在'同学家'。"

外公说："我们读《圣经》吧,《诗篇》第二十三篇，你带头。"

小山读教会学校，她清脆地背诵："耶和华是我的牧者，我必不致缺乏。他使我躺卧在青草地上，领我在可安歇的水边……"

老花玛的情绪渐渐平静。

他感激这名小天使般的客人，她秀丽容貌、体贴举止以及动听声音都给他家带来安慰。

沈小山同花玛家其实一点血缘也无，是个陌生人，可是她又说不出地亲切。

祷告之后，一家人闲话家常。

小山轻轻说："最好天公作美，连下一个月大雨，每天下五十厘米。"

老人笑："那也不行，山泥松透，引起滑坡，大石树干冲下平原，灾害更大。"

"休息吧。"

小山回房间去。

她的电话上有留言："请即电父亲。"

小山立刻拨通电话。

"爸。"这一声叫得比平常亲热。

"小山，思丽告诉我，卑诗内陆有火灾。"

"啊，那是距离很远的地方。"

"有多远？"

"三十分钟车程。"

"我仍然担心，你不如回温哥华市区吧。"

"我会得处理。"

"叫你电话报告行踪，你也没做到。"

"爸，你现在不正与我讲话吗？"

"你妈可有与你联络？住农庄是她的好主意，沈小山若掉一根毫毛，我决不放过她。"

沈宏子悻悻然。

"爸，你公道一点。"

"我日夜牵挂你，思丽说，你好比我的肝脏，平时没事也不觉存在，一有闪失便要了我老命。"

小山忽然很感动。

这郭思丽有点意思。

"爸我也想念你。"

"什么时候回家？"

"暑假结束得往大学报到。"

"说来说去——"

"爸，电话缺电，我处理后才与你说话。"

小山吐吐舌头，挂断电话。

第二早天蒙蒙亮她就醒了。

她推开窗户，看到老大与老二出门去消防局报到。

高大英俊的两兄弟站在晨曦下与外婆外公话别。

老人千叮万嘱。

小山看得十分感动。

山那边的黑烟更加浓厚。

老大看到露台上的小妹："小山，下来。"

小山连忙奔下去。

老大轻轻说："帮我看着他们母子。"

小山点点头。

老二说："我俩要到星期天晚上才回来。"

"万事小心。"

他俩上车离去。

外婆像送子孙往前线打仗般牵肠挂肚。

小山不由得紧紧握住老人的手。

稍后，她挽了一篮水果松饼去看甘宝母子。

又见小小约伯一人在门口与小狗玩耍。

"你妈妈呢？"

他也脏得似一只泥狗。

孩子见客人挽着食物，跑过来抓着就吃。

"你肚子饿。"

小山一手抱起约伯，一手推开门。

"嗯，有人吗，有人在吗？"

屋里有一股腐烂气息，小山连忙打开窗户透气。

杂物凌乱，仿佛已有好几天没收拾过。

小山推开卧室门，看到哀绿绮思躺在床上，一脸病容的她伸出手来。

小山大惊："你病了！"

她连说话力气也无，只会呜咽。

小山把手搁在她额角，只觉火烫。

小山急问："为什么不叫医生，为什么不打九一一？"

她轻轻说："水。"

小山连忙到厨房找到杯子盛水，缓缓喂她喝下。

糟糕，偏偏老大又去了前线。

她有点力气了，这样告诉小山："他们一见这情形，一定会把约伯带走交给社会福利署。"

小山急得团团转。

终于她打电话给金："请你开车来甘宝家，母亲高烧，孩子又饿又脏。"

小山扶起病人，发觉床上有便溺。

哀绿绮思哭泣："别理我，我知你好心，你走吧。"

幸亏金已经赶到，一推开门，看到环境，立刻明白是什么事。

孔武有力的她一声不响，用一条大毛巾卷起病人抱上车。

"小山，抱好约伯。"

约伯一嘴都是松饼，以为去游乐场玩，高兴得手舞足蹈。

金把车驶返花玛家。

小山立刻拨电话叫医生。

金指挥："你去替约伯洗澡，快。"

"他母亲呢？"

"我会替她清洁。"

世上好人比坏人多。

小山把约伯浸到浴缸中，小小的他玩起水来。

金进来放下小孩替换衣服与一只黄色橡皮鸭子。

她丢下一句话："这小孩早该会讲话了。"

金把病人安置在客房里。

医生来了。

看到病人，探热检查，注射开药。

家人觉得惶恐流汗的病在医生眼中稀疏平常。

"轻微食物中毒，故上吐下泻，多喝水，多休息。"

医生走了。

金做麦片让病人喝下去。

这时小约伯洗干净吃饱爬上妈妈身侧，不一会儿睡着。

哀绿绮思不住说："谢谢，谢谢。"

金不出声，叹气下楼。

小山忍不住轻轻责备："你这样不会照顾自己，约伯怎么办？"

她欲哭无泪："我一定痛改前非。"

"你要振作，你不自爱，谁敢爱你。"

哀绿绮思一直点头。

"你是美女，快些好起来，继续美丽。"

她忽然问："你是谁？"

"你糊涂了，我是小山，他们的妹妹。"

"你不认识我，为什么待我那样好？"

小山一怔："我对你好？没有呀。"

这时金在门外说："小山，让病人休息，我们还有事要做呢。"

小山说："你好好睡一觉。"

金说："我们去帮她收拾家居。"

到了小木屋，小山喃喃说："这间烂屋应该清拆夷平。"

金揶揄小山："然后叫爸妈再买一间。"

小山尴尬。

"动手做义工吧。"

金带来空气清新剂及干净床单被褥，把脏衣物全部打包搬到门口。

金手脚勤快，不辞辛苦，乐意助人，小山由衷佩服，她忽然拥抱她一下。

"这是干什么？"

"感谢你呀。"

"哈，又不是帮你。"

小山呵呵笑："四海之内，皆兄弟也。"

两个人一起洗厨房，预备茶水。

"可惜花玛婆婆不愿收留他们母子。"

小山说："她总得自己站起来。"

"讲得好。"

金指着一堆啤酒瓶子叹气。

"她应该找一份工作，把孩子送到日托幼稚园，好好过日子。"

"小山你年纪小小甚有主意。"

小山指着嘴巴："我也不过尽会说说，真换了做她，怕也不容易。"

"小山你真有趣精灵，花玛家三个大男孩愣愣的，比不上你。"

"不，金，华人与韩人都希望家里有男丁，他们三人站在花玛家门口，哗，谁敢欺侮我们。"

金笑出声来。

他们很快把小屋子收拾整齐。

金心细，带来狗粮，连它都喂饱，在胶盆注满肥皂水：
"轮到你了。"

洗净小狗，才发觉它毛色淡黄，十分漂亮。

金喃喃说："这家孤儿寡妇真可怜。"

两人回到家，只见婆婆站门口，铁青面孔，大事不好！

金讪讪站定，一言不发。

"家里乱套了我还不知道呢。"

金与小山都自知理亏。

"是谁擅作主张？"

小山连忙站出来："是我，婆婆，不关金的事，都是我
不好，事情紧张，没来得及先征求你同意。"

"是老大松开叫你这么做？"

小山又鼓起勇气："全是我一个人的主张，我见她病得
厉害，孩子饿坏了，我让她来休息一天半天，婆婆如果不
高兴，我马上叫他们走。"

小山是客人，大不了把她也撵走，他们仍是一家人，
不伤和气。

婆婆叹口气，坐了下来。

"正如你说：大的病，小的饿，一时叫他们去什么地方？"

小山知道有转机，连忙说："婆婆，谢谢你。"

"你一直是花玛家客人，关你什么事。"

小山唯唯诺诺。

"金，你都不用做正经事了，外公说消防员吃得很差，叫你每天做一百只苹果馅饼交上去。"

金朝小山使一个眼色。

小山是大都会居民，多么机灵活泼，立刻回答："我立刻去采苹果，金，你筛面粉，烤箱够用吗？三十分钟烤十只，一百只该是……"

她走到苹果树下摇动树枝，苹果纷纷落下，像神话故事情景一般，只需拾起即可。

可是这香格里拉同世上所有其他地方一样，既有天灾又有人祸。

论人际关系，最成功是约伯，睡醒了，他干脆满屋走。

花玛家许久没有胖胖小腿不住移动，小山与金一整天微微笑。

傍晚老花玛回来，好不诧异，但是他也不是那种把病人寡妇连幼儿赶出家门的人。

他把做好的馅饼搬上货车。

小山说："外公，天色都快黑了。"

"救火员通宵工作，哪有休息。"

他驾着货车驶出去。

家中厨房也没闲着，金大量地做起松饼来，面粉搅拌机一直不停操作，屋子漫扬着糕饼香气。

小小约伯坐在高凳上喝牛奶吃蛋糕。

小山马不停蹄帮着做晚餐。

外婆进来一看："做点鸡汤面条给病人吃。"

小山大声回答："是。"

外婆又对小约伯说："你跟我来，我同你说故事。"

小山这才松口气，静静上楼去看哀绿绮思。

只见她双眼看着窗外，听见声音转过头来。

"好些没有，可以起来吗？"

她点点头："好多了，听见你们在楼下说话。"

"婆婆来看过你？"

"她推开门，看了一眼，没说话，小山，我想明朝一早就走，不好再打扰你们。"

金拿鸡汤面上来，轻轻说："婆婆吩咐做给你吃，等到病好了，自然可以回家。"

"约伯呢？"她双眼润湿。

"他很好，他在楼下看《小飞侠》卡通。"

小山说："你坐起来吃晚餐。"

这时她们看到窗外森林与天空交界的地平线上冒出浓浓白烟。

小山喃喃说："白烟表示全盘燃烧，这显示大火比灰烟时期更加炽热。"

金问："老大老二几时回来？"

"明早。"

"葡萄全熟了？"

"只打算留些许做冰酒，已收割七成。"

"这正是酒庄最忙碌的时候。"

老花玛驾车回来，在车上已经喊："老三，老三，快出来，太阳顶住宅区疏散，需要人手帮忙！"

小山飞奔下去，肩膀与老三碰个正着。

老花玛声音微微颤抖："大地震怒，七十年来我从没见过如此场面。"

婆婆抱着约伯出来："老三一走，家里没有壮丁。"

老花玛说："你与金暂时撑着。"

小山忽然挺身而出："有我在。"

老外公说："你也得跟我来。"

他拉着两个年轻人上车。

小山本来已想休息，读一两页书，渐渐盹着，第二天在鸟语花香中醒来。

但是货车一驶近太阳顶，她惊醒了。

所有瞌睡虫都赶到极地去。

首先她看到簇新整齐的洋房：草地、花圃、园子，全打理得无懈可击，但是家家户户打开大门与车房，预备撤离。

为什么？

就在背后，隔一条马路，离一个山坡，是殷红色的天空。

那种如火山熔岩似的奇异橘红色直烙印到人的双瞳里

去，永志不忘，它像一幢火墙，缓缓逼近。

"下车去，"老花玛说，"那一家三个孩子正在哭泣，叫他们赶快走。"

老三跳下车。

"小山，那边有人推轮椅，你去相帮。"

小山连忙过去帮那对老夫妻。

"我稍后来接你们。"

警车往来巡逻，大难当前，秩序却十分好，居民也还算镇定。

小山先扶那位老太太上车，帮她折叠轮椅，放进车厢。

老先生道谢，可是紧张过度，开不动汽车引擎。

小山坐到驾车位子，替他发动车子。

警员用灯光指挥车辆离去。

老先生说："我们到儿媳家暂住，回来再见。"

小山只见老太太抱着一大沓照相簿子及一盏古董水晶灯，走得匆忙，一时不知带什么才好，抓到什么是什么。

孩子们上车时都拥着毛毛玩具，家长一时不能接受事实，反而十分镇定。

小山与老三戴上臂章，上面写着"义工"两字。

风起了，百忙中抬头一看，只见火星滚得一天一地，碰到干旱的树枝树叶，立刻燃烧。

火星夹着煤灰落到皮肤上，异常炙痛。

老三说："这里一共两百户人家，几个地区疏散人口总数已达五千多名，只给他们一个小时收拾衣物，很多人家一早已有准备，车尾厢满载杂物。"

"都去何处？"

"亲友家，或是安置中心。"

"你看，"小山抬头，"维苏维斯火山爆发时一定也是这个场面。"

老三忽然笑了："你的资料不准确，庞贝在六分钟内就被火山灰淹没。"

"你怎么知道？"

"唏，我也是发现台[1]忠实观众。"

他俩忽然握紧双手笑起来。

---

[1] 发现台：又译为探索频道（Discovery）。

两百多户人家一夜之间撤退，警察加紧巡逻以防盗窃，静寂一片，十分诡异。

花玛公将他们载回家。

"我要到镇上开会。"

他在家门口放下外孙，与老朋友的车子会合了，一起出发。

老三轻轻说："那红发的奥榭太太种圣诞树为生，阿路旺先生繁殖貂鼠出售。小溪先生开木厂，家族都住在这里超过五十年，几乎可算原住民，啊，那是卡地亚中学校长柳先生，他是日裔，我正是在该中学毕业。"

小山没想到会有那么多种类营生，在都会中，人人心不在焉志大才疏地做一份闲工，然后希望在股票市场里发财。

谁也不愿意一辈子做一份职业，或是有年轻人承继那样辛劳的工作。

花玛婆婆出来看见："哈，两只小煤球。"

小山与松培对望，果然，一脸煤灰，白衬衣上一点点全是被火星烧焦痕迹，手臂上也有斑斑伤痕。

小山吃惊，这么厉害。

外婆说："三十架直升机往来灌水救火，似于事无补。"

金捧出食物："先吃饭吧。"

小山见有一大杯草莓奶昔，一口气喝尽。

又问："他们母子呢？"

"回家去了。"

小山失望："啊。"

金低声说："是她自己的主意。"

"她可以照顾约伯吗？"

"好多了，明早我会去看她。"

婆婆说："讲什么，我都听见了。"

金与小山缄默。

葡萄成熟的时候

肆·

本来仿佛是手心里一条刺，不知怎样，不但没把她拔出来，现在居然长得牢牢，成为血肉一部分，无论如何除不去了。

小山洗刷完毕，敷了药，倒床上，立刻熟睡。

什么叫作睡得像一只死猪，小山总算明白了。

但是她也没有赖床，天一亮就跳起来。

年轻人新陈代谢快，昨夜斑点小伤口今朝已经结痂。

金叫她："一起去看他们母子。"

他们母子，唉，说得这样秘密，皆因婆婆不喜欢她。

刚想出门，老大与老二回来了，嗬，自顶至踵湿透，救火衣已经除下，里衣像一层疲累的肌肤般搭在身上，他俩脸上有明显伤痕，坐在门口便脱下靴子。

啊，小山惊叫，那是四只烂脚。

脚底水泡面积似一元大饼，且已经擦破：血红，水淋淋，十分可怕。

再看仔细，他们连双手也如此磨损溃烂，这义工不好做。

外婆急问："没有戴保护手套?"

"否则就连手都没有了。"

"快进来治理。"

"不算什么，唉，火势总算压住了。"

那样牛犊般强壮的小伙子竟然连站都几乎站不起来。

他俩淋了浴，由小山替他们细心敷伤口。

他们一转身，已经盹着。

金说："这么累。"

廿多小时在火场不眠不休，已经到体力极限。

稍后外公也回来，似在车房准备些什么，可是，一转身，他也在长沙发上打盹。

金朝小山使一个眼色，与小山自后门溜出去看那两母子。

一路上金说："这个夏季损失惨重，本来单是参观酒庄的游客就每人抬十箱八箱酒回去。"

又说："北边是庄士顿家的桃子园，那白桃又圆又大，汁多肉甜，今年收成不是问题，可是太近火场，危险。"

到了。

小狗迎出来摇尾巴。

女主人的声音："是金与小山？"

"啊，你痊愈了。"

憔悴的她楚楚可怜，二十出头已经历了人家大半生的故事。

"约伯呢？"小山最关心这个孩子。

"花玛太太替他在托儿所找到一个位置，今日，有好心家长代为接送搭顺风车上学去了。"

原来如此，婆婆还是帮了大忙。

金说："我替你送来鸡汤及替换衣服。"

她流下眼泪。

金说："又不是天天如此，这样婆妈干什么？"

哀绿绮思擦干眼泪："你说得对，我明早到镇上找工作。"

"何必走那么远，酒厂正要用人。"

"这……"

"以前你无意勤工，谁也不能勉强你。"

"我行吗？"

"你同经理谈一谈，看有何种工作适合你。"

她迟疑半晌："镇上有家咖啡店好似有空缺。"

"居民疏散，何处去找人喝咖啡？"

她苦笑："正当我想振作……"

"这正好试练你。"

金把松饼及冰激凌放好，给约伯放学吃。

这时哀忽然讪讪问："松开回来了吗？"

"刚进门。"

小山详细报告，她留意聆听。

话还没说完，松开已在门前出现。

他俩紧紧拥抱。

金使一个眼色，两个外人轻轻离开。

金怪羡慕地说："能够被爱与爱人，真是幸运。"

小山点点头。

松开忽然追上来："小山，小山。"

小山转过去。

松开抱住她，大力亲吻她额角："你一到我家就扭转多年僵局，你是我的安琪儿。"

小山笑了。

松开又说："金，你也是。"

金扬手："嘘，嘘，回去，我们韩人可不作兴搂搂抱抱。"

老大这才回转女伴家。

小山经小路去收取衣物，发觉床单及毛巾上有煤灰。

不好，风向变了，吹到酒庄这边来，得赶快通知婆婆。

小山捧着篮子往回走，经过工具屋，忽然闻到一阵异味。

这股略为辛辣刺鼻又带点甜香的气味，任何人闻过一次都不会忘记。

小山在同学某次晚会中闻过，永志不忘。

她朝工具屋走过去，那里边放着剪草机及其他大型家居工具，收拾得很干净。

小山推开半掩着的木门。

辛辣味更浓了。

有人在小屋里腾云驾雾。

谁？

小山轻轻走进屋子。

她看不到人家，人家却清清楚楚看得见她。

"小小一座山，被你找到这里来。"

"松远。"

正是老二，他光着上身躺在一张旧沙发里，正在吸一支小卷烟，手上握着一瓶夏当妮白葡萄酒。

小山走近，一手抢过他手上卷烟，放在脚下踩个稀烂。

老二笑了。

"过来，坐这里，这张沙发历史悠久，我们三兄弟自小坐到大，一出生就看到它，它叫舒服椅。"

小山坐到他身边，轻轻劝他："你怎可吸这个，你不想做人了。"

老二只是笑："你是个好孩子。"

"在家，我是个问题少女。"

"精神紧张，吸一支松弛一下。"

"你有什么想不开，人一接近毒品，一步步沉沦，终于变成社会渣滓，肉体受毒药控制，变为行尸走肉。"

"谢谢忠告。"

"你别嬉皮笑脸。"

"我都改过来。"

小山看着他贴着胶布的双手："手脚仍然痛吧。"

"不算什么。"他喝一口酒。

"你有什么烦恼，不妨说来听听。"

他却讲别的："你出现之前，外公外婆叮嘱我们三个，虽说是妹妹，可却一点血缘关系也无，你们三个行为要小心，肢体不能接触，免生误会。"

小山不出声。

"你母亲支持花玛葡萄酒到东南亚发售，外公十分欢喜，所以你是贵客。"

交换条件。

人类概念其实仍然逗留在上古以物易物阶段。

你拿什么交换？身无长物如甘宝母子，则受人欺凌。

"你看看，"松远声音低沉，"一家人，几个姓，外公是花玛，我与老三是余，你姓沈，老大，只怕连他自己也不知原本姓什么，这样复杂环境长大，不容易呢。"

"是会有一股无形压力，这也不表示你可以酗酒。"

小山收起那瓶酒。

他伸手来抢，两人贴在一起。

松远说："我又犯了一规：肢体接触。"

小山说："回大屋去吧。"

"等我身上气味散掉再说。"

"这酒庄等着你来承继呢。"

"我却想去城市体验生活，乡镇农耕辛劳，实在不是我那杯茶，酒庄情愿让给老大，你看他多苦命。"

"胡说，他是须眉男子，命运靠双手创造。"

"小小一座山，你乐观得叫人讨厌。"

"这是事实，他不久会成为花玛家支柱，把酒庄发扬光大。"

"日本人对我们的冰酒十分欣赏，今秋，我们会运出第一箱，均由你母亲安排。"

这时天色渐暗，他们并没有开灯。

"小山，你可闻到空气中异味？"

小山悻悻然："你还说呢。"

"我指山火引起的焦味，像天使在云层上烤焦了面包。"

小山点点头。

他形容得趣怪，但这是事实。

"昨日救火，发觉大半座山已经着火焚烧，火场如炼钢厂一般，我们头发卷起，皮肤炙痛。"

炼狱。

华裔一早有这种形容词，小山不敢说出来。

这时，工具房的灯忽然开亮。

老三站在门口。

"小山，你在里边？快出来，你爸妈均有电话找你。"

小山应了一声自舒服椅上站起来。

老三看着他二哥："你要小心。"语气不甚友善。

松远不想与弟弟吵架，佯装没听见。

小山拉一拉老三袖子。

走到门口，松培说："你要提防他。"

小山讶异："他是你的兄弟。"

"他是家中黑羊，去年暑假在酒吧醉酒闹事，全靠外公担保才能走出派出所。"

小山说："我只觉得你们三兄弟都是好人。"

老三停了脚步。

这时，金毛寻回犬奔出来迎接他俩。

老三说："他在酒吧里拖拉的，是一个女子。"

嗬，罪加三等，只有最下流的男人才对女人动手。

"小山，你要小心。"

这时，外婆的声音自身后传来："你们都要小心。"

小山转过头去。

外婆话中有话："父母不在身边，等于少了守护神，你们得好好保护自己。"

小山连忙答是。

外婆说："气象台说会下雨，可是三点几厘米，做泥浆都不够，有什么用？"

她长长叹息，脸上皱纹，又深了几分。

小山回到屋里，发觉父母均找她多次。

她首先找到父亲。

沈宏子声音有点陌生，他可能在一个鸡尾酒会，背景有乐声笑声，城市人最懂寻欢作乐。

"小山，说好一天两个电话。"

"是，是。"

"你妈妈终于与余某注册成为夫妇，他那三个孩子知悉消息没有？"

"还没说起。"

"他不是爱子之人。"

"爸好像有点不甘心。"

"我怕你母亲选择错误。"

其实她已经错过一次。

"爸，所有选择，最终都叫我们后悔。"

"你说什么？"

"你自己也有女朋友呀。"

"你不知道，常允珊这人没有脑子，我怕她遭骗。"

"爸，我不说了。"

"我知道，总理找你有急事商量，还有，你的电话缺电。"

"全中。"

小山急急拨电话找母亲。

常允珊愉快地说："小山，妈妈结婚了。"

"有照片看吗？"

"这就电传给你。"

照片里的母亲站在玫瑰花圃前，穿着淡灰色生丝小礼服，戴一顶小小网纱帽子，十分得体，手臂挽着余先生。

小山这时发觉，最英俊的老二松远，长得与父亲几乎一模一样，不过他是混血儿，鼻子更高。

两个中年人看上去高兴极了，像是已经努力成功，把过去所有阴霾都抛在脑后，过了蜜月再说。

下一站，他们去巴黎。

小山吁出一口气，真难得他俩找到快乐，值得庆幸。这时，小山想法已完全不同。

她的眼光已经扩远放宽，有时，人真需离开巢穴往外走走。

花玛婆过来说："他们的父亲已经举行婚礼。"

小山点头："我刚知道。"

不知为什么，她垂下了头。

"遥祝他们生活愉快。"

外婆递一小杯苹果西打给小山。

她们碰杯："健康，快乐。"

金出来加一句："世界和平，安居乐业。"

外婆说："三个男孩呢，把他们叫来。"

老三最听话："我在这里。"

"你去把老大自甘宝家找来。"

老大也会做人，他自厨房探出头来："我没出去。"

外婆点点头："松远呢？"

老三冷笑一声："我去叫他。"

老二的声音在身后响起："外婆找我们什么事？"

"你们的爸结婚了。"

三个大男孩不出声。

"小山正式成为你们妹妹，大家好好相处。"

小山无奈且尴尬。

松培忽然说："欢迎小山。"

小山十分感激。

"从此是一家人了。"

老大过来握住小山的手，小山不觉靠到他肩膀上。

他这样说："起初真有点不惯：门一打开，忽然来了一个妹妹，她会不会是一个宠坏的娇纵儿，动辄哭泣发脾气？三天之后，我们发觉她是一个安琪儿。"

外婆没有反对。

外公走近："我们家过去确是少了一把娇柔的笑语声。"

金笑："这不是暗讽我们像犁牛吗？"

老二也笑："金是一头好牛。"

大家举起苹果酒："幸福。"

"他们回程会停留酒庄住几天。"

小山发觉老二已经洗净身上气味，静静坐在一角。

懂得尊重长辈的孩子不会太坏。

那天晚上，小山睡不着。

她走到厨房斟牛奶喝。

乡间牛乳特别香甜，喝一口，上唇会凝住白白一层牛奶须。

有人咳嗽一声。

原来是小松培。

他光着上身，正在厨房外露台乘凉。

"出来坐一会儿，我点了蚊香。"

小山陪他坐下。

她不觉轻轻发牢骚："看，把所有从前生下的孩子都像鸡鸭鹅那样赶到一堆，他们又结婚去了。"

"他们有权寻求快乐。"

"我们的快乐呢？"

"我们已经长大，大可寻求自己的幸福。"

"你比我豁达。"

老三笑："女孩子能做到你这样，已不容易。"

"乡下人才看不起女子。"

"因为在地里，女子力气的确不及男丁。"

"在你学校里呢？"

"哟，可怕，女生连理科成绩都胜我们多多，十指灵敏，心思缜密，把男同学挤出局。"

"嘿！"

他们抬起头，山坡那边，全是暗红一片。

小山说："真诡异，仿佛地狱之门开启，诸魔蠢蠢欲动。"

"小山，你口齿伶俐，没有人会比你形容得更好。"

"谁在这里说话？"

纱窗推开，老大出来。

"大哥坐这里。"

松开也没穿上衣。

男性就是这点占便宜，坦荡荡，赤裸裸。

"天气极热。"

"你看，万里无云。"

"这些日子吸收了的水蒸气，一下子都释放出来，又会大雨成灾：冲坏桥梁公路，交通中断。"

老二的声音传过来："大哥说得似天灾人祸，民不聊生。"

碰巧他也只围着一条大毛巾。

大家都睡不着，索性围着吃水果聊天。

小山轻轻说："大哥快结婚了吧，走近你俩，都觉得你们深深相爱。"

松开不讲话。

松远鼓励他："勇敢争取。"

松开说："我与你俩不同，你们的父亲就在眼前，有商有量，我老觉得在此寄居，需加倍懂事。"

小山意外："那我呢？"

松开说："小妹，你父母天天追着嘘寒问暖，大不一样。"

小山取笑他："但凡一个人，没有什么就想要什么，廿多岁还希望妈妈唱安眠曲？不只是大哥，我也这样：十岁八岁还自称宝宝：'宝宝肚子饿了。''宝宝不会做功课。'美好的童年的确叫人恋恋不舍。"

松开也笑。

他说："哀已在咖啡店工作，生活正常，体质较前进步。"

小山扫一扫手臂，夜深，有点凉意。

"去睡吧。"

第二天一早，小山看到三兄弟准备到地里工作。

她梳洗完毕扑着跟出去，只见收成车上大木箱载满一串串葡萄。

外公说："这些全用来酿汽酒，即统称香槟，在瓶中发酵的葡萄酒，少量制作，用人手转瓶，酿成后供亲友享用。"

小山看着丰富的收获，不禁心花怒放。

外公说下去："余下的留着做冰酒，过了初冬再摘。"

这时老二走过来，忽然抱起小山，把她扔到葡萄箱里。

小山哈哈大笑，乐不可支。

触鼻全是水果香，她取起一串葡萄往嘴里送，自觉像葡萄仙子。

外公说："这里没你事，小山，你帮金送糕点到消防站去吧。"

金驶着车子过来，见小山白衬衫上印满淡淡紫葡萄汁，像一种扎染花纹，煞是好看。

车厢载着好些鸡肉饼蛋糕面食，天天运，日日清。

小山说："乡镇居民仿佛一家人，在城市中，邻居互不理睬。"

金说："所以我不愿意住城市。"

小山看到工人在葡萄园范围外挖防火沟。

金说："工程已差不多了。"

小山看到沟道有三英尺宽。

她不敢出声。

金这时说："这场火非比寻常，火舌足高十英尺八英尺，真要卷过来，恐怕挡不住。"

小山连忙说："不，不会烧过来，山顶石岩是天然屏障。"

"你听谁说的？"

"众消防员。"

"啊，这可叫人略为放心。"

"他们也说半个世纪未见过这种火灾。"

一路只见疲倦憔悴疏散居民重返家园，看到她们，自车窗探头出来。

"可有食物？孩子们肚饿。"

小山连忙下车，用篮子载满糕点及果汁清水递过去，暂时把小货车变作食物站。

"花玛酒庄，多谢你们。"

车子一部部停下，交换消息。

"布朗家失窃，电器全被人偷去，趁火打劫，尤其可恶。"

"警报暂时解除，总算可以回家洗澡，小女不见了一只花猫，晚晚哭泣。"

"我家的狗也在忙乱中走失，希望它会回来。"

各人不胜唏嘘。

有人忽然说："喂，遭遇这场世纪大火，我们却性命无恙，你说是否大幸？"

大家又振作起来："快回家通知亲友，家母八十多岁住在阿省，担心得睡不着吃不下。"

一班人散了，另一伙又停下车来。

他们拿来一只玻璃瓶，吃了食物，随意付款，放入瓶中。

忙了整个上午，食物派完，她们回家。

瓶中款项，捐到消防站。

顺路经过，金建议去探访哀绿绮思。

一推开咖啡店门便看见她。

美女就是美女，叫人眼前一亮，她秀发如云，穿白布衫黑裙，宛如吉卜赛女郎，正忙着写单子，客人与她搭讪，她低头不理。

金与小山坐下。

她开心地迎上来。

"两位喝什么，算我账上。"

小山忽然伸出手，替她扣好胸口纽扣。

金说："我特地来请你到花玛家帮忙，我巴不得有四只手，事情来不及做。"

哀只是笑笑不出声。

"一杯香草奶昔，一杯咖啡。"

她一走开，金就说："抛头露面，有什么好。"

小山诧异："你应当鼓励她呀。"

金付了账，给丰富小费。

哀绿绮思追上来。

她握住金的手："在这里我是自由身，有上下班时候，劳力换取薪酬，没有恩，也没有怨，在花玛家，我仿佛是个戴罪立功的人：婆婆给我一个机会，我得做足两百分，小心翼翼，步步为营，再也不能行差踏错……"

小山不住点头，她完全明白。

金也不禁动容。

"那是多么辛苦，连带约伯也失去自尊。我有过失吗，当然有，我已承担后果，我不想向任何人解释交代。你们放心，我会振作，但，我不会寄人篱下。"

小山泪盈于睫。

没想到这标致女子吃了那么多苦头仍然坚持一副硬骨头。

"我会好好过日子。"

金点头："我们去看约伯。"

哀绿绮思回到咖啡店去工作。

金看着她的背影："她有道理。"叹口气。

小山忽然问："我呢，我是否软脚蟹？"

金拍拍她肩膀："小山，读完书再论英雄。"

小小约伯在托儿所幼儿班学绘画。

他认得小山，走过来招呼。

老师有点犹疑："是约伯的朋友？"她不放心。

金说："我们只逗留三分钟。"

她们与约伯紧紧拥抱。

一会儿她们就走了。

车子驶回酒庄，她俩看到一辆陌生出租汽车。

金也警惕："咦，谁？"

有人走出来："金，连我你都不认得了。"

小山定睛一看，只见一个脏金发中年女子站门口，穿着过窄套装，尖下巴，大眼睛，笑起来许多鱼尾纹，可是仍有一分俏丽。

金叫出来："侬斯帖，是你。"

女子哈哈笑着与金握手。

这可是个大熟人，谁？

女子转过头来看着小山："我是花玛的女儿，三个男孩子的母亲。"

小山呆住。

嗬，花玛家大小姐回来了，好不凑巧。

"家里真舒服。"

女子赤足，手上拿着一瓶葡萄酒。

又问："你是松开他们的朋友？"

小山向金使一个眼色。

金连忙说："这是沈小山，是松开他们的妹妹。"

女子一愣："妹妹？我有生过你吗？"她大笑起来。

小山这时更加明白为什么哀绿绮思不愿到花玛家生活：实在太不方便。

该刹那，小山也决意回家去。

沈小山，应当住在沈家，在别人家里，始终是外人。

她竟到今日才明白这个浅易道理，难为父亲多次警告她。

女子忽然醒悟："啊，我明白了，你是我前夫现任妻子的女儿。"

小山不知说什么才好。

这时，面色铁青的花玛婆婆在门口出现。

老人一开口便说："这里不欢迎你。"

小山意外。

那依斯帖也怔住，半晌她说："我累了，我想回家休息，看看孩子。"

老人仍然只有一句话："这里不欢迎你，孩子们也不需要你。"

"我是你们的女儿。"

"你并没有把这里当一个家。"

"我姓花玛，是花玛家唯一的女儿。"

老人固执地瞪着女儿，握紧拳头："花玛家每一个人都为这个家出一份力：我们两老、三个男孩、金、小山、田地里伙计们……都是家中一分子。"

女子瞪着老母亲："你想赶我走？"

花玛婆对金说："招呼她吃过午饭送她走。"

女子跳起来："喂!"

花玛婆头也不回走出门去。

女子颓然："她一直那样对我，自十六岁起，我回不了家。"

金与小山都尴尬得说不出话。

女子用手托着头："每次我走投无路回家来，她都拒绝我。"

金只得说："今日有新鲜烤羊肉。"

小山刚想走开，被依斯帖叫住："你也一起吃吧。"

小山只得坐下。

她又开了一瓶葡萄酒。

小山想说：你还要开车，酒后不便驾驶。

但，沈小山是谁呢，人家好歹是长辈，哪由她多管闲事。

小山如坐针毡。

依斯帖边吃边诉苦："其实我做错了什么？我是个专一的人，从不脚踏两船，每次诚心诚意结婚生子，可是事与愿违，渐渐产生分歧导致分手，我母亲却不原谅我，她是清教徒，她毕生至大成就是'我只结一次婚'。"

小山不由得微笑。

"他们没把我写在遗嘱上，我知道。"

小山忽然轻轻说："好子不论爷田地，好女不论嫁妆衣。"

"你说什么？"

小山婉转把中文解释给她听。

那外国女子忽然明白了。

她又微笑起来："小女孩，你很聪明。"

"这是我们古人的箴言。"

"我不应抱怨，我已经四十，应当比你智慧。"

她喝尽杯子里葡萄酒。

"花玛产品越来越精。"

"你淋浴休息一下吧。"

她用双手抹脸："我一定又脏又油又累。"

"你自东岸来，舟车劳顿。"

"公司裁员，我又丢了工作，男友怂恿我回来酒庄求助……"她忽然伸一个懒腰，"你爸好吗，三个男孩子好吗？"

小山立刻轻声否认："他不是我父亲。"

"啊，那么，你叫他什么。"

"余先生。"

"你们还没见过面吧，他不会接受这种称呼。"

小山轻轻笑一声。

"你很倔强。"

金这时走过来："依斯帖，你休息一下吧。"

她赤着脚走上楼去。

小山看着她婀娜背影喃喃说："又一朵流浪玫瑰。"

"早年真是美女，一把金发闪闪生光，如今，叫生活糟蹋得憔悴。"

金停一停，叹息："谁不是呢。"

伊人脚底脚跟上已长满老茧。

将来，沈小山也会那样吗？

小山打了一个冷战。

这时老三一边抹汗一边进来："小溪镇已化为灰烬。"

金一震："你说什么？"

"我带你们去看，昨夜风向一转，火势扑向镇上，幸亏居民已经疏散。"

小山说："松培，你母亲回来了。"

金说："小溪镇有我的朋友，我得去看看。"

她奔出门去。

松培问小山："谁回来了？"

"你妈妈依斯帖。"

老三像无动于衷："我们先去小溪镇。"

小山意外。

她以为他会奔上楼去急急与生母拥抱，甚至痛哭失声，一诉怀念之情。

小山记得她每天放学都要与母亲依偎一番：午餐在饭堂吃了什么，体育课摔痛了膝头，同学张小明邀她去生日会……

当然，那是天天见面的母亲。

余松培可能已经忘记生母容貌。

他驾驶吉普车往公路。

一路上满目疮痍，金只能发出类似"嗬""呀"的声音，瞠目结舌。

小山瞪大眼睛，刺激性焦烟充满空气，她落下酸泪。

居民回来了，他们站在灾场，震惊过度，只会发呆，手足无措。

小山从未见过这种场面，更不知如何形容。

她一直以为火灾之后，房屋会剩下烧焦支架，可是此刻她只看见遍地瓦砾，小镇像被炸弹炸过，金属被熔成扭曲一堆。

她一步一步向灾场走去。

这时，她看到更诡异的景象。

在焦土瓦砾堆中，忽然有一间完整房屋，连外墙都没有熏黑，一面国旗，完好地在微风中飘动。

那户房屋的主人呆住了，站在门前动也不动。

半晌，她问小山："你可看到我面前的屋子？"

小山点点头。

她又问："几号？"

"三八四。"

"我的天，真是我的家，它还在，我的家还在！"

她连忙掏出锁匙，开门进屋。

她没有发出欢呼声，相反，她大声哭泣。

小山走到另一边去。

有几个壮汉在瓦砾堆中寻找失物：半只洋娃娃、几页书、照相架子……

那样大个子也忍不住流泪。

一只狗走近，可是找不到主人。

啊，丧家之犬。

小山惘然蹲下，在地上拾起一只毛毛熊玩具。

她用手擦脸，该刹那感觉如尖锥刺心。

人类的建设竟如此不堪一击。

金找到她朋友的屋子，可是只看到一台烧焦了的洗衣机。

她大惑不解："家具呢，楼梯呢？"

这时，有记者及摄制队前来采访，他们也呆若木鸡。

松培唏嘘说："我们走吧。"

回到家中，看到老大与老二坐在他们母亲面前。

只听见依斯帖说："你们三个打算承继酒庄？"

老二笑笑："酒庄未必交给我们。"

依斯帖诧异："那给谁哦，无人可活到一百岁。"

"日本人极有兴趣。"

"售予他们？"

老大咳嗽一声："那得问外公外婆。"

依斯帖微笑:"对,我是外人,不便与我说。"

一眼看到老三。"哟,"意外惊喜,"松培你长这么高了,三兄弟数你最像华人。"

老大尴尬,他生母像是忘记他根本不姓余,他没有华裔血统。

看到儿子她还是很高兴。

她叹口气:"都是大人了。"

她有三分醉,话相当多。

孩子们的喜怒哀乐,她却完全不知晓。

然后,她坚持要走。

松开他们也不留她,任她把车驶走,来去就似一阵风。

小山轻轻问:"为什么不请她多住几天?"

松开答:"她不惯,我们也不惯。"

松培忽然问:"上次见她是什么时候?"

"前年感恩节。"

"一年多两年了。"

大家搁下话题,各管各去做事。

这样好客的一家人,对至亲却如此冷淡。

回到楼上，小山发觉她的手提电话响个不停。

她去接听。

那边传来沈宏子十分讽刺的声音："女儿，女儿，地球要与女儿对话。"

"爸，我在这里。"

"你在冥王星还是金星？科技了不起，声音如此清晰。"

小山没好气："我在火星的卫星福布斯。"

"小山，听我说，森林大火一发不可收拾，你须离开当地。"

"我们没问题。"

"小山，我们已抵温哥华，明天就来接你。"

什么？

小山心头一阵温暖，啊，爸爸来了。

"郭思丽说危险……"

又是郭思丽。

本来仿佛是手心里一条刺，不知怎样，不但没把她拔出来，现在居然长得牢牢，成为血肉一部分，无论如何除不去了。

小山轻轻说："爸，这里人多，你们不方便出现，我来见你们好了。"

"我们在海滩路八百号那幢公寓，你几时可以到达？"

"明天傍晚我乘夜车出发——"

"你又不是做贼，为什么趁月黑风高行事？"

小山气结。

这时，小山听见一个声音温柔地说："宏，你说话颜色太丰富，只怕听者多心。你目的是什么，讲清楚就是，切勿威胁，亦无须讽刺。"

沈宏子叹息一声，像是不知道该说什么才好。

过一会儿他说："多谢指教。"

郭思丽对他有正面影响，这女子说话条理分明，应该加印象分。

但是沈小山却觉得与她亲善，仿佛等于对自身不忠。

她那拥抱着名贵手袋略为臃肿的俗态，在她心目中拂之不去。

小山已把"敌人"两个字从她身上除下，可是要做朋友，没有这个必要。

"可否搭早班车?"

小山坚持:"夜车比较快。"

"我们去车站接你。"

"我认得路,我会来按铃,爸你甩不掉我。"

"明晚见。"

小山挂断电话。

小山没听见沈宏子抱怨:"唉,真要学几年外交辞令才敢与子女说话,父母动辄得罪,时代洪流滔滔,大势所趋,少年再也不会与家长合作,总而言之,你说东,他说西,你说来,他说去……"

小山走到窗前,她本来想吸口新鲜空气。

一抬头,惊得呆住。

"我的天。"她双膝一软,坐倒在地上。

只见一条火路,自山坡蜿蜒而下,丝丝白烟上升,大火已蔓延到山的这一边来。

"不,不!"小山挣扎起来奔下楼去。

葡萄成熟的时候

伍·

真实世界水深火热，

中年人向往那若隐若现情欲的刺激张力，

小山只觉不耐烦。

她看到金焦急的眼神。

两人紧紧握住双手，一句话也说不出来。

这时警察上门来。

"花玛先生，花玛太太。"

他们迎出去。

"准备疏散，收拾细软，一声令下，一小时内无论如何要离开酒庄。"

他们下了命令立刻离开，急急驾车去警告另一家。

两只寻回犬呜呜低鸣，伏到主人脚下。

花玛老先生坐下来。"走，"他说，"走到什么地方去？"他是同自己说话。

松开是长孙，危急之际忽然坚强："我建议先解散工人。"

老人点头："说得对，你立刻去厂房通知他们关闭机器，准备疏散。"

老太太急痛攻心："这损失……"

"嘘，嘘，"老人把妻子拥在怀里，"现在不说这个。"

松远说："我到田里通知工人。"

老人点头，白须白发都似警惕地竖起。

他转过头去："金，小山，你们立刻离开这里。"

金忽然笑了，她说："我二十岁就在酒庄做工，这就是我的家，我跟着你们。"

老太太说："金，这不是你的家，快走，跟大家到庇护中心去。"

金固执地说："别叫我伤心，这正是我的家。"

老太太不去理她："小山，你与金立刻走。"

小山动也不动："婆婆，我帮你收拾重要物件，我们做最坏打算。"

"小山，你听见没有？"

小山大声回应："明白了，缸瓦碗碟不必带走，只带有纪念价值的东西，婆婆，快上楼来收拾。"

小山自作主张，先把照相架丢进枕头袋里，又把三个男生的学校奖章奖杯收起。

只要舍得，其实一个人也没有太多身外物，笨重的，可以添置的，全部不要，衣物首饰更全不重要，最美丽最丑的记忆全在脑海中，不用携带。

小山只装满三只四只枕头袋。

花玛婆婆笑说："很好很好，你们都带走吧。"

松培说："我都放到货车上去。"

那么大一座厂，却搬不动，地里的葡萄树，也全留下。

老外公说："多带些狗粮，还有清水。"

金抹去泪水："我去准备粮食。"

各人冷静地做妥分内工作，要逃难了。

小山来的时候只有一只背囊，走时也一只背囊。

松开回来报告："员工说他们会留到最后一刻才关上机器。"

老外公点点头，他坐在安乐椅上，自斟自饮，喝酒庄酿制的白葡萄酒。

松开请求："我想去照顾哀绿绮思母子。"

他外婆先开口："去吧，这里有我们。"

松开过来蹲下握住外婆双手一会儿，打开门出去。

这时老老少少工人都停下手上工作，撑着腰，在空地抬头看着山上火势。

傍晚，小山并没有打算离开的意思。

她已与这家人产生感情，她不想在这个时候丢下他们。

小山给父亲留口信：今晚不便出发，明日再说。

父亲肯定会跳脚，但也顾不得了。

花玛公说："小山，吃点馅饼，稍后松培送你去乘公路车。"

小山断然拒绝："不，我不走。"

外公生气："一个个都强头倔脑，我是主人，我命令你离去，我撵你走。"

小山答："我会尖叫踢足哭闹，我不走。"

外公气结："过来。"

"你打我好了。"小山走近。

外公却把她拥在怀内："我一直想要一个淘气又不听话

的孙女。"

花玛婆却叹息："你也得考虑客人的安全。"

小山答："该疏散时即刻走，没有大碍。"

外公说："你到厨房去帮忙吧。"

小山看见金一直流泪。

小山劝说："好金，不要哭。"

"前尘往事，一幕幕涌上心头，当年来做工，只得二十岁，以为汽酒是汽水，好味道，喝半瓶，醉倒，滚地葫芦，哈哈哈。"

金又哭又笑。

就这样，几十年过去。

"葡萄园自第一株幼苗种起，渐渐成长，繁殖，到今日般规模，怎样舍得看着百顷良田一把火烧光，老外公一定如万箭攒心。"

小山不出声。

她新来，她不知历史，却也难受。

金推开厨房门："风向转了，糟糕！"

大家奔到户外。

这时，连幼儿都出来观火，拖着大人手，呆呆往山头看去，那条火蛇忽然变形成为火墙，殷红一片，熔岩般向酒庄压过来。

小山觉得那情景像科幻、战争、灾难电影中特技镜头，不相信是真的。

她与松培握紧双手，大家全身冒汗，原来空气温度突然升高，逼向他们。

那火势如此壮观，大自然威力叫人们臣服，竟没有抱怨的声音。

只有金喃喃说："一生的心血……风向忽然转了，命该如此。"

这时，救火直升机飞来洒水，一次又一次，再一次。

小山站得脚酸。

制服人员已经赶到。

"疏散，立刻前往康泰镇中学庇护所，快！"

有人忍不住痛哭。

消防队长过去，像对待幼儿般轻轻说："我知道，我知道……"

他双眼也红了。

小山说："松远，你带公公婆婆去庇护所，快！"

松远看着她："你倒来发号施令，老三，载她去公路车站。"

松培说："小山，是送客的时候了。"

小山急得团团转："我不是客人！"

"小山，听我说，庇护所有人口登记，你不是本镇的人，不会有床位食物供应。"

"这不是真的……"

金说："小山，这不是任性的时候，你回城里去与父亲团聚吧。"

他们押着她回屋里取背囊。

小山还要雄辩，忽然发觉不见了老花玛夫妇。

"外公外婆呢？"

他们整套房子上下找遍，都不见人。

正面面相觑，忽然金说："地库！"

厨房下有小小地库，用来贮藏杂物，他们从窄楼梯走下去，发觉小小木门已经在里边锁上。

老二大力拍门："外公，你们可是在里边，回答我！"

他又急又慌，只会大叫。

老三有急智："去取斧头来，让我劈开这道门。"

一言提醒老二，他立刻奔向工具房。

金拍门："你们躲在地库做什么？快出来！"

老三恳求："我们疏散不久又可回来，别担心。"

老二取着电锯赶到。

"快开门，外婆，不然我用电锯拆掉这面墙！"

这时门内发出声音："我们需要思考。"

"外公，这不是想东想西的时候，一二三，我进来了！"

他开动电锯，发出呼呼声。

"慢着。"

"外公，快开门！"

"请尊重老人意愿。"

"恕难从命！"

老二举起电锯，向木门铲过去，顿时木屑纷飞。

门锁一下子锯开，老三把门一脚踢开。

小山只看见老花玛夫妇拥抱在一起，躲在角落，像两个落了难的孩子。

小山只觉得凄凉，潸然落泪。

老二走近："外公，怎么了？"

老花玛叹口气："你外婆的主意，她不想活了，愿与酒庄共存亡。"

老二忽然笑："就为着一场火灾？外婆，该我用戒尺打你手心。"

他轻轻抱起外婆，走上楼梯。

老三扶着外公也回到客厅。

金捧上热茶给他们。

"都准备好了，我们走吧。"

婆婆用手掩脸，开始饮泣。

就在这时，有人叫她："妈妈！"那人扑过去抱住老太太。

大家一看，原来是依斯帖回来找父母："妈妈，道路封锁，不准外人进出，我担心不过，恳求通融，幸亏镇长还认得我，放我进来，妈，我们暂且避一避。"

她挽起简单行李，一手扶着母亲的手臂。

在该刹那，母女间所有误会获得冰释。

金说："老三，你看着小山上公路车，立刻到庇护中心会合。"

他们终于把大门锁上。

警车用喇叭叫道："花玛先生，速速离开！"

两只狗已经十分不安，来回巡走，它们先上车。

弃船了。

车子驶离酒庄的时候，他们都没有往回望。

小山与松培同车。

两人都受到沉重打击，到达车站，发觉人龙很长，站长正在告诉乘客会有加班空车十分钟内驶到。

余松培与小山紧紧拥抱。

"很高兴认识你，小山。"

"我也是。"

"希望我们可以再见面。"

"一定。"

他帮小山买了车票，替她找好座位，看着她上车。

"一路小心，别打瞌睡，抱紧证件。"

小山点头。

余松培忽然大力亲吻她的脸颊："如果你不是我妹妹，我一定追求你。"

他们再次紧紧握手。

这时，小山的电话响了。

松培朝她摇摇手，他把车驶走。

小山这才低头听电话。

是母亲急促的声音："小山，余想知道花玛酒庄可是着火，他的孩子可安全。"

小山的声音出乎意料镇定："各人安好，叫他放心，酒庄已经疏散。"

"你在哪里？"常允珊发急，"你好吗？"

"我在长途车上，往城里与爸爸会合。"

"他到了你那里？"

"正是。"

"余想知道详情，你可以与他说几句吗？"

余某已经抢过电话，不停发问，小山尽可能一一作答，他仍然不能释怀，如热锅上蚂蚁。

小山忽然建议："不如，你亲自来看看吧。"

不料他说："我们马上动身。"

挂断电话。

沈宏子的电话接着追到。

"小山，你还不动身？你不来我来。"

"爸，三〇三号公路车刚刚驶离车站，我稍后便到。"

沈宏子像皇恩大赦："好孩子，我来接你。"

这时，电话真的缺电，声音开始碎散，终于死寂无声。

小山把头埋在手心里。

闭上眼，仍似看见红艳艳一片火海。

她吓得连忙睁开眼睛。

三个多小时车程一下子过去。

公路车驶进市区，一片霓虹灯，歌舞升平，仿佛与乡镇的灾难不相干。

车子停下，小山想站起来，可是双腿酸痛，一时不能动弹，啊，过去几天用力过度，此刻肌肉不受控制。

她咬紧牙关，想用双手撑起身体，可是两条手臂也僵硬，小山急得喊出来。

乘客鱼贯下车，有人问："需要帮忙吗？"

"拉我一把。"

那年轻人拉她起来，小山松口气，勉力挽着背囊下车。

一出车门就看见父亲哭丧焦急的面孔。

"爸！"她叫他。

沈宏子听见叫声，往乘客堆中找人，可是面对着女儿，却不认得女儿。

"爸，我是小山。"

小山走到他面前。

沈宏子发呆：他女儿离家时娇嫩白皙，短短一个月不见，这个站在他面前的女孩像粒咖啡豆，连头发都晒黄。

也不计较了，只要无恙就好。

他双眼润湿。

他紧紧抓住小山的手，真怕她再走脱，转头大声嚷："在这里，在这里！"

郭思丽自人群中走出来。

她瘦了一点，也比较精神，不再挽着那只名贵手袋，穿便服。最要紧的是笑容可掬。

她说："车子在那一边。"

沈宏子叫："好了好了。"一边大力拍着胸膛，表示放心。

车站咖啡站有架小小电视机正报告山火新闻："这场世纪山火迄今已焚毁二十五万公顷森林：逾五万人疏散及三百多间房屋化为乌有，灾民往往在深夜收到紧急疏散令，多年血汗经营的生意及家园，在这场无情大火中全部失去……"

沈宏子奔到停车场去。

郭思丽轻轻问小山："好吗？"

小山只点点头。

她已疲累得一句话也说不出来，与亲人团聚，忽然松弛下来，像断了绳索的提线木偶，垮垮地倒在车后厢。

小山睡着了。

前座，沈宏子说："小山去过什么地方？像在中东打完仗回来，被炸弹炸过似的。"

"嘘，此刻在你身边就好。"

沈宏子叹口气："根本不该让她去那里。"

"你拗她不过。"

"扭断手臂也要拗。"

"社会福利署保护妇孺组会来探访你。"

车子停在红绿灯前，沈宏子转头看小山，只见女儿仰着头熟睡，姿势与脸容同三五岁时无异，不禁又气又笑。

"幸亏回来了。"

车子驶到公寓，他推醒女儿。

开门进屋，郭思丽说："这是客房，你可要洗个澡？"

小山咕噜噜喝了一大杯水，推开客房门，看到小小单人床，倒下，动也不动，继续睡。

连郭思丽都说："做孩子真好。"

"也得看是哪个孩子。"

郭思丽抬起头。

沈宏子说："酒庄里还有三个男孩，他们的生父全不关心，只怕常允珊惨遇一个冷血人。"

郭思丽笑了："你挂念女儿，是应该的，这个我明白，可是现在又担心前妻遇人不淑，这是否多余？"

沈宏子不出声。

"长情总比冷酷好，希望你将来对我也念念不忘。"

沈宏子立刻嚷："这是什么话，我们余生都面对面，你做好准备，我俩会是一对标准柴米夫妻。"

"我也累了。"

睡到半夜，小山醒转。

睁开眼睛，一时不知道身处何处，只看到米褐色墙壁，山东丝帘子，床褥舒适，茶几上水晶玻璃瓶子里插着白色玉簪花。

这就是郭思丽的小公寓了。

也真的够大方，不但男伴可以入住，连他前妻生的女儿亦成为上宾，这样看来，无论如何，她都不是一个小气的人。

小山下床，走进浴室开亮灯，看到自己肮脏的头发面孔。

她立刻淋浴。

头发里全是煤灰，洗了三遍才算干净。

这时，手脚皮肤擦损部分才开始灸痛。

小山呻吟，她像被人殴打过似的。

有人敲门。

郭思丽捧进香草奶昔及青瓜三明治。

这是另外一个世界。

小山道谢。

郭说："晒得这样黑，三十岁后皮肤会发皱。"

小山边吃边说："也许，将来整张皮可以换过。"

郭思丽给她止痛药及消炎药。

"在酒庄碰到了一些有趣的人？"

"什么都瞒不过你的法眼。"

郭思丽笑笑："你的眼神不一样了，现在，有了层次。"

她又取来干净衣物。

然后，也不再多说话，说声晚安，退了出去。

可是，这时天色已经微亮。

小山脱下浴袍，换上柔软的运动衫裤。

稍后，大家都起来了。

小山同父亲说："我想回去看看。"

沈宏子放下报纸："你认识他们多久？爸爸重要还是他们重要，你听爸的话还是外人的话？"

小山看着他："爸，我问你一个问题，你照忠实意见回答就是，不用拿大帽子压我，你太戏剧化了，现在又不是上头向你问责，叫你引咎辞职。"

沈宏子气结："小山，你尽管提出要求，何必说上两车话，你教训起爸爸来了。"

郭思丽用手托着头。

真热闹，她想。

她不知道好戏还在后头呢。

当下沈宏子赌气地说："不准再回灾场，休息完毕，我同你去大学参观。"

小山还想说什么，只见郭思丽朝她使一个眼色。

稍后沈宏子出去跑步。

小山帮着洗杯碟。

郭思丽说："你爸心情欠佳，政府机关里出了一点事，他成为代罪羔羊，都叫上头弃卒保帅，牺牲他算数，叫他辞职呢。"

小山吃惊："瞧我这张乌鸦嘴。"

"我是劝他退下来，他说不是赌气，而是女儿还有好几年大学开销，正是最用钱的时候。"

小山连忙说："不要管我，我可以半工半读，或是向政府贷款。"

"你爸自有主张，他也是老资格了。"

小山摇头："不知怎的，三十年过去，他在政府里始终不算红人。"

"想红，那是得削尖了头皮钻营。"

"也幸亏我爸不是那样的人。"

"可不是。我已请长辈从中斡旋，你放心，很快，敌人会转移目标，另找箭靶。"

小山十分钦佩她如此圆通。

郭思丽看着小山，忽然问："可是恋爱了？"

小山否认："他们是我的兄弟，虽无血缘，但是近亲。"

郭思丽点点头。

"他们三个都是有怪脾气的混血儿，自幼跟外公外婆在乡镇生活，一定寂寞，老人家慈爱但专制，不好商量。我与老三友善，但却欣赏老大，不过，最英俊的是老二。"

"他们对你也同样好感？"

"一见如故。"

"那是一种缘分，值得珍惜。"

"我想回去看看。"小山讲出心事。

"危险，警报尚未解除，居民不得随意回转。"

小山颓然。

"这次外游，叫你心智成熟。"

小山额角鼻尖开始脱皮，脸颊雀斑点点，似个顽童，模样可爱。

郭思丽因而说："我有朋友，在中文报做总编。"

小山还没听懂。

"记者每日穿梭火灾场地做新闻。"

啊，小山明白了，郭思丽有办法，她有极宽极深的人际网络，办事方便。

"或许，你可以随军出发，不过，千万要跟随大队，不可轻举妄动，唉，你爸可不会放过我。"

"谢谢你，谢谢你。"

郭思丽看着小山："少年这种百折不挠的精神，倘若用在正途上，人类早已征服宇宙。"

小山笑出声来。

"小山，别浪掷青春，如此流金岁月，一去不返。"

"是，是。"小山并不打算听从忠告。

下午，她们在市中心观光喝茶。

北美洲所有城市感觉都差不多，纵使有一两个特别观光点，小山也不感兴趣。

街角有红十字义工会为山林大火劝捐。

郭思丽上前放下两百元。

她的慷慨引起途人纷纷往募捐箱里丢钱。

稍后沈宏子接她们往大学参观。

他问女儿："可还喜欢这个地方？"

小山回答："唯一可取之处是一种自然悠闲气氛，先进国家极少有类此优逸。"

郭思丽笑："有时，节奏缓慢得叫人生气。"

沈宏子叹口气："也许人家是对的。为什么不好好享受生活？不如主张无为，非攻，试问急急去何处，匆匆争何事？青年过后不过是中年，再往前走，即是老年，赶什么？"

小山先笑出来："哗，庄子墨子都跑出来凑兴。"

郭思丽拍拍男伴肩膀。

他们已有相当了解，彼此做伴。

小山说："洋人最崇拜的是孙子，把他的兵法译成英语，动辄举例模仿，据说用在商场上，百战百胜。"

沈宏子却说："四年大学，学费加上生活费总和惊人，毕业之后出来打工，月薪微薄，十年尚未归本，为什么高级教育如此昂贵？"

"因为并非必需品呀。"

"你瞧，全世界实施这一套：万般皆下品，唯有读书高。"

他们享用一顿丰富的海鲜餐。

回到公寓，沈宏子与郭思丽在小客厅看电影。

小山随口问："什么戏？"

郭思丽答："《后窗》。"鼎鼎大名。

啊，小山不由得坐下，看了一会儿。

只见艳光四射蓝眼金发的女主角穿着令人赞叹的华丽时装在一间陋室里兜兜转转，沈宏子他俩看得津津有味，小山却不投入。

代沟，名片对她来说毫无共鸣，真实世界水深火热，中年人向往那若隐若现情欲的刺激张力，小山只觉不耐烦。

她回房休息。

终于做梦了。

小山回到葡萄园，只见熊熊大火，血红一片，她连眼睛都睁不开来，她焦急地四处找人。

"约伯，约伯！"

她一手抱起小男孩，四处找他年轻的寡母。

忽然，一根燃烧的屋梁塌下，压着一个人，他白发上染着鲜血，小山凄厉地喊："花玛公，别怕，我来了！"

正在这时，啪的一声，火光更加强烈，小山本能地伸手去挡，小约伯掉在地上。

她尖叫起来。

"小山，醒醒，小山，醒醒！"

原来是父亲进来开亮了灯，摇醒她。

小山浑身是汗，一直喘气。

郭思丽在门口轻轻说："让她回去看看吧。"

沈宏子不出声。

可是第二天上午，郭思丽已经告诉她，中文报馆不介意添一个特派见习记者。

已经四十八小时没接到花玛家消息，沈小山坐立不安。

这时，郭思丽忽然接到一个电话。

她把话筒递给沈宏子，轻轻说："找你。"

"找到这里来？我放假，不听。"

"不是机关打来，是常允珊。"

沈宏子一呆，仿佛听见阎王追债似的，可是又不得不听，情况可笑。

他接过电话："是，小山在我这里，安全无恙，托赖。"语带讽刺："你们不是在欧陆度假？听说破纪录炎热——"

他静了下来。

隔一会儿大惊失色问："什么，你们就在楼下？"

小山头一个跳起来："这座公寓楼下？"

"等一等。"

沈宏子看着郭思丽。

他的新女友平静地说："请他们上来呀，我马上做咖啡。"

小山不由得感动起来。

这其貌不扬的郭思丽的确有许多内在美，忍耐与大方是其中两个重点。

沈宏子对电话筒说:"请你们上来。"

郭思丽还来得及补了补口红。

小山即刻去开门。

门一打开,母女一时却没有即时相认。

小山看见一个皮光肉滑的靓丽女子,时髦年轻,起码比母亲年轻十多廿载。

那标致女子却看见一个黝黑高大少女,一脸疑惑。

"小山?"

"妈妈?"

电光石火间,小山明白了。母亲做过电视上发现台播过那种整张脸皮撬起把多余松皮剪去再拉紧缝合的手术。

小山不便表示惊讶,以免郭思丽知晓。

常允珊拉着女儿的手:"来见过余先生。"

这就是松远及松培的生父了。

只见他高大英俊,热诚地伸出手来:"小山,久闻大名,你妈妈天天牵记你。"

母亲整形多久?余氏有无见过她真面目?

常允珊只余声音未变。

只见四个大人文明地坐一起，像老朋友聚会一般。

多得郭思丽，斟出咖啡来。

余先生熟不拘礼："可有啤酒，越冻越好。"

沈宏子答："没问题。"

小山帮忙把冰冻了的双层杯子取出。

余先生不拘小节，也有他的可取之处。

只听得他说："我想去花玛酒庄，可是车子被警察拦截，不准驶近灾场。"

"电话联络没有？"

"只能拨到庇护中心，等待回复，我挂着三个孩子，寝食难安，竟瘦了好几磅。"

他是好人。

他说"三个孩子"，百忙中他没有忘记领养的余松开，老大知道了，一定宽心。

余搓着双手，频频吁气。

小山开口："我离开的时候，他们已经疏散。"

这时沈小山忽然成了主角，四个大人看着她，等她的消息。

小山一五一十把她所知道的全说出来。

"……看到家园焚毁，英雄好汉都忍不住流泪。"

两位女士耸然动容。

小山说下去："真忘不了葡萄园鸟语花香犬吠，像童话中仙乐都，尤其是那新鲜烤的面包糕点，现榨的苹果汁，太阳晒干的被单衣物……这一切竟受灾劫，唉。"

小山胸口像被锥了一刀，双眼通红。

大人都不出声。

沈小山形容得太好了。

"明天我去看他们。"

余先生讶异："你怎么进得去？"

小山咧开嘴，得意地笑，说出因由。

余先生啊地一声："我可否也扮见习记者？"

被常允珊揶揄："这个岁数才做练习生？"

郭思丽解释："编辑先生说小山稍后得写一篇报告交上。"

余先生恳求："小山——"

"我明白。"小山说，"我会带着摄影电话，尽快与你联络。"

余先生忽然说:"小山真是安琪儿,竟然这样体贴懂事。"

他看着常允珊。

常允珊这几年来的抑郁忽然沉冤得雪,她握着女儿的手,落下泪来。

小山拨母亲的头发:"房子装修好没有?"

"终于完工,想接你去住。"

"思丽对我很周到。"

"看得出,你很幸运。"

郭思丽听见这对母女公然称赞她,鼻子一酸,也泪盈于睫,后母不好做,能得到少许酬谢已经不容易。

余先生问:"小山几时出发?"他最为心急。

"报馆的车子会来接我。"

话还没说完,电话已经打来。

小山挽起背囊:"等我消息。"

常允珊看着这聪明勇敢的少女,不相信是不久之前的淘气女。

"走好。"

大人把他们的先进手提电话全交给小山。

"不准说缺电。"

小山随着报馆大型吉普车出发。

立刻有年轻的男记者向她表示好感。

啊，少女怎么会寂寞。

那年轻人把报馆先进摄影器材取出献宝，逐一讲解，又招呼小山吃点心糖果，一路上都很热闹。

车子接近灾区，众人已经呛咳。

空气被浓烟笼罩，小山闻到一种焦糖味。

记者告诉她："附近一座樱桃园，全烧焦了，小时候我每年都与父母到此摘果子，五角一磅，消磨竟日，唉，真叫人难过。"

"可以重新种植吗？"

"园主意兴阑珊，他子女均不愿承继祖业，他打算取得保险金后结束营业。"

"啊。"

"火灾之后即使重建，也物是人非，面目全非。"

"我想到庇护中心看看。"

"我们先到灾区巡一巡。"

"那么，我跟从大队。"

车子接近花玛酒庄，小山一颗心像是要从胸膛里跳跃出来，她紧握双手，双眼瞪着前方。

忽然，她看到那一望无际的葡萄园，嗬，接近山坡一面焦黑一片，可是，近厂房一方却安然无恙，似黑白太极图。

住宅平房、酒厂及机器，像奇迹一般生还。

小山实在忍不住，欢呼声自喉头爆炸出来，吓了身边小记者一大跳。

"让我下车，让我下车！"

她跳下吉普车，不顾一切，浑忘忠告，朝山坡上飞奔。

嘴里一路哇哇叫喊。

厂房里忽然有人扑出来，朝小山挥手。

是他们三兄弟！

小山落下欢欣眼泪，她飞身上去挂到松开身上，像一只猴子般紧紧钩住他。

小山又哭又笑。

松培大声报告："那一夜，火舌已卷到葡萄田，眼看一切要化为乌有，忽然，像鬼魅一般，风向一转，又朝相反方向烧去，你来看，烧到这里，一条界线，分开阴阳，一边死，一边生，我们的家奇迹似的保存下来。"

四个年轻人劫后余生般抱着不放。

小山蓦然想起，拨通电话。

那边余先生抢着来接："喂喂喂。"

小山叫出来："三个都在这里，一个不少。"

把电话交给三兄弟。

"爸……"他们都哽咽了。

这时，巡逻警车过来干涉。

"请即时离开灾场，该区尚有危险，请即离开灾场。"

他们抓着电话逐一讲话，终于被警员勒令上车。

"原来爸赶来看我们，警察不放行。"

"小山最有办法……"

说到一半，松远发觉肩膀湿润，伸手一摸，是水珠。

"咦?"

大家奇怪，接着，他们都发觉有水珠自天空滴下，一时不知道是什么一回事。

警察也大惑不解，抬头去看。

忽然有人大叫："下雨！"

久旱两个月，到今日才见到雨水。

"有救了！"

说时迟那时快，雨点忽然急骤，大滴大滴混着煤灰落下，一下子淋湿众人。

他们一边驶车一边从车窗伸出身子大叫："下雨了！"又按响车号欢呼。

雨越下越大，扭开车上收音机，只听见电台主持人宽慰地说："下雨了，下雨了！"

四个年轻人似四只湿狗在狂叫。

到了庇护所，松远带小山走进学校范围。

只见军队搭起帐篷正在煮一大锅饭。

他们互相报喜："下雨了！"人人似中了头奖。

廿一世纪，人定并未胜天。

骤然天空乌云密布，转下暴雨，雨点打在操场上，啪啪作声，帐篷顶更似撒豆，吧啦吧啦不停。

避灾居民听到声音，拥出来看雨，又被一阵大风赶了进去。

气温骤降，他们多数只穿单衫短裤，不禁觉得凉意。

老三拉着小山的手走进室内，只见学校运动室打满床铺，他在一个角落找到家人。

只见老花玛夫妇与依斯帖，还有金正在玩纸牌消闲，气色还算不错，小约伯总有点脏，在大人身边兜兜转转。

小山走近，他们一见是她，丢开纸牌欢呼。

"下雨了。"互相通报好消息。

小山把约伯抱起："你妈妈呢？"

小男孩伸手一指。

原来哀绿绮思早已飞到老大身边。

花玛婆婆忽然说："这一对，大火暴雨都拆不散。"

小山笑嘻嘻："可不是。"

"你怎么回来了？"

"不舍得你们呀。"

花玛公说："这两天多得依斯帖及金照料我们，我是打雷也睡得着的人，可是婆婆嫌人多嘈杂，失眠。"

花玛婆忙说："没事没事，习惯了。"

这时，报馆工作人员也来探访。

小山过去问那小记者："有无外套？最好是连帽运动衣。"

"我身上这件，还有车厢里也有一件。"

"借用一下，明天还新的给你。"

"谁要？"

"怕公公婆婆晚上着凉。"

他立刻脱下身上那件，又跑去车厢取另一件。

讨好漂亮的小女生，是他的重任。

外套送到，小山交到老人手中。

花玛婆婆一直握着小山的手不放。

稍后小山抱着约伯去看雨景。

那大雨一时并无停止的意思，哗啦哗啦一直倒水似的下。

小山同约伯说："如下狗下猫般大雨，就是这个意思了。"

小约伯煞有介事地点点头。

小山指着天际："看到没有，那些大块乌云，叫作堆积云，每一块，重量好比几十只大象。"

约伯露出狐疑的样子来，像是说："那么重，还不掉到地上来。"

小山笑："下边有暖空气把云往上托呀，同飞机在空中飞翔一般原理，这叫作物理，将来你上学，老师会解释给你听。"

约伯忽然皱起眉头，他说："哼，上学。"

像是这个问题已经困扰了他许久。

小山忍不住笑出来。

她忽然明白了，郭思丽曾问她：你恋爱了？可见人家也有点思疑。

不错，沈小山爱上了花玛酒庄每一个人，小约伯在内。

这时，哀绿绮思出来："小山，我的守护天使。"

小山转头，看到她身上衣裳有点脏，便说："这袋替换衣服给你。"

她连忙道谢收下。

小记者出来找小山："我们要回去了。"

小山说："五分钟。"

她把手提电话交给他们三兄弟。

老三松培紧紧抱着小山不愿放开。

回程中雨下得更大，吉普车小心翼翼缓缓驶动，正如气象局所料，泥泞满地。

司机说："稍后一定滑坡。"

雨里雾气腾腾，可是也看到山上艳红色火焰转为阵阵白烟，更不见天日。

记者们互相报告消息。

"消防员说：这雨要是廿四小时不停，居民可返家园。"

"可是仍然没有电力，电线电塔全部烧毁。"

"真不知道没有水电的日子怎么过。"

"现代人已被纵坏。"

小记者坐在小山身边，他忽然问："那是你男朋友吗？"

小山愕然："谁？"

"那与你吻别的人。"

"啊，那是我三哥。"

小记者忽然放心了，他眉开眼笑说："这是我名片，你有事请别客气，我随时随到。"

小山接过名片。

小记者指着名片郑重地说："我叫陈大文。"

小山笑："我认得中文字。"

小记者讪讪。

小山道谢下车。

市中心也一般大雨，过去两个月吸收的水蒸气像是在一日之间释放。

小山一按铃余先生就来开门。

小山看见他们也在玩扑克，郭思丽是赢家，面前一大堆筹码。

小山不禁觉得大人好笑，这四人忽然成为朋友。

常允珊问："小山，你同爸爸住还是同我？"

小山想一想："我到妈妈家小住几天。"

原来踢来踢去似无人收留的沈小山，因一场大火，忽然变成金贵人物。

车子驶上山。

开足氙雾灯视线仍然只得一点点。

到了家打开门，小山嗅到新装修油漆味，那种气息似新车皮座椅般，叫人愉快。

屋子不大，但十分舒适。

常允珊把女儿带到楼上房间。

小山脱口问："业主是谁？"

常允珊噗一声笑："不会是需要付大笔赡养费的三子之父。"

"奇怪，"小山说，"刚才那所公寓，业主也是女人。"

常允珊叹口气："你终于发现这个秘密了：中年女子再婚，手中需有妆奁，不然，谁同你结伴。"

小山只觉背脊凉飕飕。

常允珊又说："年轻女子又何尝不是，否则，你等我置业，我又等你交租，拖到几时去？双方只得一辈子跟父母住。"

"啊，怪不得近年有那么多未婚大龄女生。"

"都不愿吃苦，亦无能力。"

小山疑惑："我又有无前途？"

"你，言之过早。"

小山累了，脚底走起水泡，她梳洗后休息。

她读了一回报纸，倒在床上睡着。

晚上醒来，看到楼下有灯光，两个大人好像一直没有休息。

大雨也一直不停。

天蒙蒙亮，小山到厨房做咖啡，看到余先生。

他满面笑容："小山，我接到最新消息，三兄弟与外公外婆可以回家了。"

小山真觉宽慰："啊，太好了。"

余先生忽然说："小山，这次真多亏你。"

"我什么也没做。"小山谦逊。

"不，小山，你为我家做了一次最佳催化剂，促使他们三代团结。"

小山笑了，这人很有趣，他比父亲轻松。

"你觉得他们三个怎样？"

小山就是喜欢余君开口三个闭口三个这种无分彼此的亲昵口气。

小山老气横秋地答："都是好孩子。"

余先生笑笑说："你一定觉得我们大人处理感情生活一塌糊涂吧。"

小山据实说："我在报章杂志时事节目中认识这种现象，已觉十分普通。"

她反而掉过头来安慰人。

"警方宣布公路有限度开放，我下午开车去看他们，你可要一起来？"

小山还没有回答，只听见身后一声哈欠。

常允珊起来了。

没有化妆的脸隐约看得出做过手术的痕迹。

她闲闲斟杯咖啡，添了牛奶不加糖，把小山叫到她身边坐下。

然后她很客气地对新婚丈夫说："小山与我不去什么地方，你一个人去办事吧。"

余先生有点失望。

"你听我讲，据说依斯帖也在那里，加上我们，多么复杂，你一人快去快回，方便行事。"

余先生申辩："一家人行动一致。"

常允珊说："你有话，讲完了才回来，这次缩短蜜月行程，十分扫兴。"

"家里有事不得不赶回来，下次设法补偿。"

常允珊苦笑："下次结婚还是下次蜜月？这次假期计划整年……算了。"她挥挥手："不谈了。"

她噔噔噔跑回楼上。

沈小山不相信耳朵。

一模一样的抱怨，与沈宏子在一起时是这种口气，今日与余某人结婚，又是同样的牢骚。

换言之，对方仍然不够体贴细心，还是没有以她为全宇宙中心，不算是永远的裙下不贰之臣。

这就是一般成年女性对伴侣的要求吗？

多么幼稚可笑。

余先生对她说："小山，我出去五金店买小型发电机给他们带去。"

他披上雨衣上街。

小山站在檐篷下看雨景。

常允珊换了便服，站在女儿身后。

她轻轻说："忽然做起标准父亲来，吃不消。"

"你应该替他高兴。"

"那三个男孩不是我的孩子。"

"妈妈，他们有名有姓，他们叫余松开余松远余松培。"

"明明是混血儿，叫亨利狄克汤姆不就行了，偏又取这些佶屈聱牙的中文名。"

"妈妈。"

"你的名字多好：小山，笔画简单，发音响亮。"

小山摇头。

"还有，那个老大还不是他生的，一并也拉来认作亲儿，这是什么意思？"

常允册牢骚越来越多。

小山知道她有责任引导母亲思路回到正途。

"妈妈，婚前你已知道余先生背景，你俩全盘接受对方的过去才结为伴侣，有话那时已应完全说明，今日不得啰啰唆唆。"

常允册怔住。

女儿竟教训母亲，而且批判得那样有道理。

小山说："下午我陪他一起上路，妈妈你呢？"

"没水没电，满路泥泞，我不去，我又没有矿工靴。"

"妈妈，在要紧关头，你需要精神支持他。"

常允珊叹气："我开支票不就行了。"

"妈妈，来，我们一起去办补给品，食物衣物清水……全部都要。"

"小山，你瞎热心。"

"下雨天，闲着也是闲着。"

小山拖着母亲出去买补给品，装满一车。

"咦，"常允珊奇问，"为什么要买婴儿用品？"

"未来国家主人翁，最为重要。"

小山把哀绿绮思与小约伯的故事告诉母亲，常允珊也觉得唏嘘。

她们回到家，正好余先生也成功扛着发电机回来。

他说："唏，抢购，五金店挤满人。"

都有亲友在内陆。

一看情况："你们也去？"非常高兴。

常允珊只得点点头。

"小山，你得向父亲报告行踪，免他担心。"

"是，余先生。"

那边比较简单，那边没有孩子。

可是沈宏子一听便光火："小山，那边不是你的家，你不用一次又一次去朝圣。"用词仍然夸张惹笑。

郭思丽的声音传来："小山，我们明天起程回家，我们只得七天假期。"

我们这样我们那样。

小山忍不住开"我们"一个玩笑："一起到内陆参观劫后余生吧，因为我决定未来四年与花玛家共度。"

沈宏子沉默，片刻他说："好，我愿意认识这一家人，思丽，我们一起去。"

郭思丽大吃一惊："我不行，我是不折不扣的城市人，我——"

沈宏子教训她："嫁鸡随鸡。"

郭思丽讨价还价："即日来回，铁定明日返家。"

"小山，你听见了？待会儿一起在你家楼下集合。"

"爸，记得带十箱八箱矿泉水。"

"明白。"

他们两家人浩浩荡荡出发。

途中，常允珊还是不明白："我去花玛家干什么？"

余先生却问小山："松开立心要与哀绿绮思母子一起生活，你怎么样看？"

小山说："松开热诚，正像你呢余先生，哀是个美人，家里有那样漂亮的人，看着都舒服，小约伯又静又乖，我从未听见他哭泣，葡萄园那么大，一定容得下他们母子。"

常允珊噗一声笑出来："我倒要看看这葡萄园是个什么地方，我女儿去打了一个转，忽然变成哲学家。"

"松开会快乐吗？"

"他们那么相爱，当然会幸福。"

"多长远呢？"

小山好不诧异："余先生你还希望有一生一世的事？"语气老成得像历尽沧桑。

余君却说："小山，我是他法律上的监护人，我一定要为他设想。"

转头一看，小山已经盹着，仍然是个孩子。

雨一直没有停。

一路上树木郁苍苍，常允珊这才发觉这整个国家就是一片无际无涯的松林。

她一路欣赏风景，气也渐渐消了。

余君对常允珊说："松开一结婚，我就荣任祖父了。"

能够把别人家孩子当亲生般爱护，认真难得，毫无疑问，他也会那样对沈小山。

"倘若他俩打算做些小本生意，我也希望帮一把。"

常允珊不出声。

她已看到烧焦的树林房屋，颓垣败瓦，不禁耸然动容。

整条街都烧成灰色一片，可是一座儿童滑梯却完好无缺，仿佛还可听到孩子们嬉笑声。

常允珊双手紧紧攀住窗框，指节发白。

终于，她吁出一口气，颓然倒在车座里。

灾场使她渺小，她的喜怒哀乐更加微不足道。

小山醒来，该刹那母女目光接触，彼此得到新的了解。

一路上不止他们的车子，许多居民都第一时间赶回来查看故居。

他们忍不住哭泣，坐在瓦砾中恋恋不舍，不愿离开。

小山喃喃说："站起来，重新站起来。"

驶到一半四驱车辆卡在泥泞里，无法动弹，前边车辆主动帮忙，抛出绳索，扯动前轮，一下子拉了出来。

几经艰苦，才到达目的地。

常允珊叹息："真想不到人类还需要与大自然搏斗。"

小山笑："育空省渔民往白令海峡捕海产，冰海风浪滔天，每天都拿生命搏斗，比矿工生涯更加危险，是世上最艰苦的职业。"

常允珊说："城市人仿佛没有什么好抱怨。"

余先生笑："那也不，水门汀森林危机四伏，公司里不少同事背脊插刀，治安差，交通挤，早上出门，晚上不一定回得了家。"

小山点头。

他们到了。

金站在大门口欢迎客人，两只寻回犬蹲她身边。

花玛一家已经第一时间回到平房里收拾。

老花玛亲自出来欢迎，他拖着小约伯的手。

沈小山第一句话是："各人好吗？"

"托赖，都好。"

第二句话是："电力恢复没有？"

"正在抢修，三两天内可以正常生活，屋子幸存，真叫我们感恩流泪。"

他们进屋子去，看见依斯帖正与三个男孩说话。

余先生走近，看到前妻，有点迟疑，该说些什么呢，太亲热了，他现任妻子会否不高兴？

又靠小山这帖催化剂。

她转头说："不如先把发电机驳好。"

一言提醒花玛家男人，立刻出去操作。

好一个小山，不慌不忙，微笑着介绍："家母常允珊，这一位是松开他们的妈妈依斯帖。"

两位女士都顺利下台。

都是孩子的母亲，身份有了依傍。

正在寒暄，忽然之间，灯光都着了。

大家欢呼起来。

接着，小山的父亲沈宏子与郭思丽带着补给品也到了。

郭思丽大约是受了惊，神情呆滞。

金戣一杯葡萄酒给她压惊。

沈宏子低声说："思丽不舒服，我们回去吧。"

思丽不甘示弱，咳嗽一声："我好些了。"

"什么事？"

"经过农场，看到烤焦的动物。"

那一边余先生问："除却半边园子，还有什么损失？"

老花玛答："机器停顿，酒全变质。"

小山纳罕："酒也会变坏？"

"不过，已算微不足道的损失。"

小山问："酒变坏了，不都成为醋吗？松开是酿酒化学师，应向他请教，化验结果，或许可以废物利用。"

老花玛哎呀一声："我怎么没想到。"

依斯帖说："这几天大家都忙到极点。"

老花玛点点头："幸亏酒还没倒掉。"

郭思丽忽然说："葡萄酒醋是世上最名贵的调味品，我有朋友在纽约开餐馆，他特约意大利南部一个小酒庄专门为他酿制这种醋，一年只生产一千瓶，不设零售。"

常允珊也说："我愿意为花玛酒庄代理这种品牌。"

老花玛笑得合不拢嘴。

花玛婆婆叹气："这么多亲友关怀我们，真叫我安慰。"

沈宏子说："思丽，小山，我们走吧，不打扰了。"

余先生抬起头："我想与孩子们一聚，允珊，你也回去吧。"

常允珊想一想："我嫁鸡随鸡。"

小山苦笑，母亲仿佛比早一次婚姻更加辛苦。

她轻轻在母亲耳畔说："没有热水洗澡。"

常允珊却说："你跟你爸回去。"

老三走近说："暑假过去了。"

"是，我已经取到书单。"

他俩走到门外小山岗上。

老三握着小山的手："这几天，我们与母亲谈了许久，把过去十多年所欠的对话全拾回来。"

"一切误会都冰释了吗？"

"没有，可是，已经心满意足。"

"她会不会留下来？"

"她仍然不喜乡镇生活。"

"你呢，像不像她？"

"我将前往大学寄宿。"

"那家里只剩下老大同老二了。"

"他们也有计划，松开会带着哀绿绮思母子到美国加州那珀谷 [1] 一家酿酒厂工作。"

"什么，花玛酒庄也需要人手呀。"

"公公想退休。"

"嘿，听听这话，退休之后干什么，扫树叶、种花还是钓鱼？"

老三只是笑。

"老二呢，他总得把家族事业干起来吧。"

"他也要到北部找工作。"

小山赌气："这场火并没有令你们团结。"

"不，小山，火灾更加使我们觉得，有生之年，最要紧的是快乐，与相爱的人在一起，做我们想做的事情。"

"歪理。"

这时，郭思丽出来叫她："小山，你必须在太阳落山前

---

[1] 那珀谷：又译为纳帕谷（Napa Valley），美国著名葡萄酒产区。

回到市区。"

松培说："人太多了，挤不下，你先回去吧。"

小山向众人话别。

临走前小山看到母亲与老花玛絮絮细谈。

讲些什么？

郭思丽说："常女士好像想把酿酒厂买下来。"

小山吓一跳："什么？"

"这并非空想，谁不想拥有一座小小的葡萄园？闲时邀亲友到乡间小住，饮酒弈棋，多么风雅。"

"那得雇工人维修园子。"

"旧人大可留下，生产的葡萄酒可以送人，也可以寄卖。"

沈宏子看着女友："你好像心向往之。"

"我同常女士说，我愿意入股，每年夏季我占用一个月庄园已经足够。"

常允珊与郭思丽合作？

匪夷所思。

沈宏子问："你不怕大火？"

"这种火灾，一个世纪也不见一次，每种生意都有风险，企业在法语里是冒险的同义词。"

没想到这个胖嘟嘟外形有点钝的富家女有冒险性格。

这是大人的事。

小山只为哀绿绮思庆幸，她终于遇到一个真心爱她的余松开，愿意带着她与孩子远走高飞，离开过去所有不愉快的记忆，重新开始生活。

哀绿绮思还有五六十年好日子。

你看，只要爱得足够，哪怕家人不赞成，环境不允许，对方表面条件不足，都可以克服。

葡萄成熟的时候

陆·

忽然之间，她觉得如释重负，

不顾一切，紧紧抱住余松远。

沈小山对感情有了深一层认识。

这时，雨还没有停，肯定坚决地洗涤大地。

前面有警车拦截，叫车辆改道。

"什么事？"

"山泥倾泻，大石滑坡，请绕道，小心行驶。"

沈宏子说："幸亏是白天，倘是晚上，又险多三分。"

"看看卫星导航图示，该怎么走。"

"跟大队走不就行了？"

郭思丽说："要有自己的主张。"

小山微微笑。

这郭思丽口气开始像她母亲了。

　　他嫌前妻不够好，以"双方有不能冰释的误会"的理由分手，可是你看，一年之后，得体大方、系出名门的大家闺秀郭思丽，也露出棱角来。

　　小山笑意越来越浓。

　　他们终于回到市区。

　　小山说："请把我送到母亲家。"

　　沈宏子看着女儿："你快要开学了。"

　　"是呀。"小山无奈，"人类冗长而奇怪的教育制度：六年小学六年中学加六年大学，学会些什么？怎样恋爱，如何育婴，又投资有什么良方？一概学不到，相反我知道印度与澳大利亚土地灌溉方式，计算立方根，还有许多化学方程式……日常生活有什么用？"

　　郭思丽笑得歪倒。

　　沈宏子摇头："听听这种牢骚，读书是求学问，好做一个有文化的人。"

　　小山答："妈妈说做人至要紧的是有能力付清所有账单。"

　　沈宏子气道："你母亲是俗人。"

　　郭思丽忍不住说："世界原本由俗人运作。"

她握住小山的手："你能把心中话坦白对家长说出来，我深觉安慰。

"今天早点休息，明早到公寓来，我有话说。"

小山走进屋子，开亮所有灯，又开启警钟。

梳洗后她走进书房看电视新闻。

"……连日大雨，海空公路近威镇附近桥梁冲断，百多户人家被困，需由直升机救援……"

小山在长沙发上睡着了。

早上，她起来做早餐边吃边阅报。

雨还是不停。

今年天气异常且可怕。

天气报告员长嗟短叹，他这样说："雨云及低压由太平洋直卷西岸，看到没有？尚有三百英里长的雨云蠢蠢欲动。"

同英伦一般，打算长住的话，需准备一把好伞、一件结棍 [1] 的雨衣，还有，别忘了雨靴。

---

[1] 结棍：上海、江苏等地方言，意为厉害、强大。

父亲打电话来催她。

"马上来。"

公寓里只得他一个人，郭思丽终于找到时间往市中心购物。

沈宏子说："这是银行本票，约一年开销，这是来回飞机票，你需立刻学车考取驾驶执照，这是入学证明书，这是学校地图……"

他低着头一一交代。

小山看到父亲头顶，头发较从前稀疏得多。

"爸爸，我懂得处理自己的生活。"

沈宏子抬起头："你懂得什么？每天放学都哭泣，说男同学欺侮你……"

"爸，那是幼稚园的事了。"小山既好气又好笑。

沈宏子忽然对时间空间有点混淆，迷茫地说："是吗，为什么我老是觉得是上个月？"

"爸。"

小山不停拍打父亲背脊。

"这是一只风琴文件夹，你把证件全部一一收好给我

看，还有，连护照也放进去，锁牢，另外我全替你影印了
一份副本，以防万一。"

都替小山设想得万无一失，父亲还是好父亲。

沈宏子忽然说："有一日爸爸要骑鹤西去，你这样愚鲁
怎么办？"

小山像是鼻梁上中了一拳，眼泪酸痛流出："不，爸还
要活很长一段日子。"

"终有一日是要去的呀。"

"不会，不会。"

小山无论如何不接受。

"小山，你妈已有男伴，你待这里不方便，你还是住小
公寓吧。"

"我可以租宿舍。"

"宿舍人多环境杂乱，一人一口大麻，一人一杯啤
酒，伤风，脑炎，传染迅速，浴室有欠卫生，男女共用起
坐间……"

小山微笑，父亲真是好父亲。

"小公寓独门独户，正经得多，记住，不可邀人留宿，

也不可到人家过夜，安全为上。"

"爸不如当我像小学生送进送出。"

"你以为我不想？"

"公寓属郭思丽所有。"

"你放心，我会付房租给她。"

"那我就不客气了。"

"她的吉普车随你用，小小一点心意，却之不恭。"

还想说下去，常允珊的电话来了。

她说："有生母在这里，他有什么不放心？好不啰唆，一生一世像老太婆。"

沈宏子答："生母忙着度蜜月……"

常允珊发怒："你有完没完？"

沈宏子终于沉默，还争什么呢，口舌上输给前妻，也并非奇耻大辱，何必争这种意气，他终于看开。

常允珊问："郭女士可在？花玛葡萄园有百分之四十九股份出让，她可有意购买？"

郭思丽刚在这时挽着大包小包开门进来。

一听，立刻接过电话。

只听得她嗯嗯连声："好，好，我见到律师会把我要求列出，一言为定。"

她愉快地放下电话，满面笑容。

郭思丽这样说："小山，那片土地有一股难以形容的魅力：黑色泥土，结出碧绿葡萄，附近都是高耸入云的紫杉树，山坡上种嫣红苹果……真像世外桃源，我乐意成为香格里拉主人。"

沈宏子喃喃说："送给我也不要。"

"人各有志呢，我偕父母一年去一次度假，不知多诗意。"

沈宏子又担心漏了他："我呢？"

"你也来吧。"

小山只觉得他比同母亲在一起时更辛苦。

换来换去，得不偿失。

哈，人不如旧，衣不如新。

可惜如此能干聪明的成年人统统不懂得。

沈宏子到了飞机场仍然唠叨不已。

"小山，每科每次测验都要给我看，你一向大意，记住试卷要看仔细，有时少了一分也不能毕业。"

郭思丽侧着头看向停机坪，不知是否在想那座葡萄园，抑或，对沈宏子这个人有一丝悔意。

这一对旧新人走了。

小山松了一口气。

她回到家，只觉累得说不出话来，倒头便睡。

因为没人吵她，竟睡了十多个钟头。

醒来小山做了几件要紧的事：找师傅学习驾驶，去书店找参考书，接着，置文房用品。

到了电子器材总店，小山选购最新手提电脑打印机录像电话等，最新奇是一支无线影印笔，所有有用资料一扫即可录下，稍后用打印机印出。

小山乐不可支。

三个月前的灰暗阴霾一扫而空。

她在店里碰到不少志同道合的男女学生，彼此交换意见，各人最大烦恼是找不到地方住，宿舍挤爆，只得暂时四人一室，转身都困难。

"你的公寓可有房间出租？"

小山不敢回答，这时，她也知道自己是幸运儿。

"我租到一间阴暗地库，房东老太不准生火煮食，也没有办法了。"

这样辛苦，也纷纷来求学问，小山感动。

回到小公寓，她安装电器。

常允珊来电："电力恢复了，花玛酒庄已经开始重建。"

"那多好。"

"我是葡萄园新主人了。"

"妈妈，你行动迅速。"

常允珊说："每个人都给我很大支持，尤其是老农夫妇与郭思丽。"

小山不出声。

"阿余也觉得是好事，祖业可攻可守，不宜放弃。"

小山唯唯诺诺。

"我下星期回来，你自己当心。"

小山也没闲着，天气转凉，她出去添学生秋装：羽绒大衣、长裤、球鞋、大毛衫。

往校务署交了学费，发觉整年零用只剩下一半，本来打算到美食店找鹅肝酱的沈小山知道得省着点花。

那天晚上正在看时间表的她发觉雨停了。

她看到新月娇怯地挂在天际东方，啊，终于守得云开见月明。

电话响起，小山听到熟悉的声音。

"松开，是你。"小山大喜。

"我们一家三口明日路过你处前往加州。"

小山大喜："有否时间见个面？"

"我们会借住爸的房子。"

"明早我来看你们。"

大人的房产好比一棵大树，子子孙孙都可以遮阴，这几家人的关系好比瓜与藤，再也难以分拆。

第二天一早去母亲家按铃，小山看到穿着小小工人裤的约伯走出来。

他忽然开口叫人："一座小山。"

小山大乐："是，我是小山。"

松开迎出来："小山，我给你带来一箱葡萄酒。"

哀绿绮思叫她："小山，一起吃早餐。"

哀绿绮思的面色好得多，鬈发编成一条长辫，衣纽扣得很严，从前随便的习气已不复再见。

松开把那箱酒取出。

"这是火灾后第一批装瓶的葡萄酒。"

小山一看，酒瓶上贴着手绘七彩招贴："凤凰。"

"嘀，别致悦耳，火鸟再生。"

"标签由松远设计。"

"你们三兄弟真不应离开酒庄。"

松开却笑说："子女长大总会离巢。"

"你是为着哀绿绮思吧。"

"一半也想证明自己能力，我十岁起就在外公家学艺，该到外边闯一闯了。"

他顺手开了一瓶酒，斟一点出来，让小山品尝。

小山说："酒色嫣红，像胭脂一般，嗯，触鼻一阵果子香，令人垂涎欲滴，喝一口试试，哗，酒如丝绒般滑腻，钻入每个味蕾：葡萄、松子、青柏……还有玉桂味，统统一拥而入，可口无比，充满喜庆意味，祝你们两人白头偕老。"

松开与哀绿绮思哈哈大笑。

"好酒好酒，所有与良朋知己一起用的都是好酒。"

"可爱的小山，完全懂得喝酒的真谛。"

约伯也过来说："可爱的一座山。"

小山用食指蘸着葡萄酒让小约伯沾尝，他不欣赏，吐吐舌头走开。

松开摊开火鸟图样："小山请来看，这是老二的原稿。"

"嗬，金黄色凤凰，栩栩如生。"

松开轻轻说："还有。"

他把画稿反转，只见画着十来个小小粉彩人像素描，每个只有三四英寸高，可是惟妙惟肖，一看就知道是谁。

只见全是同一个人：少女，浓眉长睫，穿家常素服，神情有点寂寥，或坐或卧或站，全是沈小山。

小山脱口而出："我！"

素描中的她脸颊加着一层粉红色，看上去像安琪儿般。

"是你，小山。"

"这是怎么一回事？"

"他十分想念你。"

"我也是。"

老大微笑："他与你不同，他有点私心。"

小山半晌才说："我们是兄妹。"

"事实上，我们与你之间，一点血缘也无。"

"那也不行，我母亲与你们父亲，此刻确是夫妻。"

哀绿绮思不出声。

老大忽然说："现在的成年人，很难说，他们善变，今日好，明日也许就两样，届时，又是另一种环境。"

小山毫不忌讳笑说："你是指，他们会离婚。"

哀绿绮思忍不住说："啧啧啧。"

松开笑："小山，这画送你做纪念。"

"你们几时动身？"

"明天一早飞机，才三小时航程，你不必来送，我们保持联络，你放心，一有时间我们便会去探访外公外婆。"

"松开，我可是真的把你当大哥。"

"我知道。"

小山带着葡萄酒与素描离去。

过两日开学，天气骤冷，一向在亚热带生活的小山非常不惯：手指僵硬，面颊通红，天天乘公路车上学。

她感觉寂寥，也许，余松远的素描就是捕捉了一点眼神。

小山把画配了框子挂在房间里。

松培每隔几天就与她通信。

他在乔治太子城[1]寄宿，所写便条十分风趣："讲师一次又一次警告：'不准剽窃功课，抄袭者零分，作业每迟交一日扣百分之十，直至零分！'同学们都奇问：有这样好地方？真可以抄袭？穷十余人之力，终于找到了一个网址……"

小山忍不住问："告诉我可以吗？我每日写功课至深夜，好困。"

谈到他大哥，松培这样说："像我们这些没有一个完整的家的人，都很希望尽快组织自己的家庭。"

小山答："松开与哀绿绮思过五十年会是那种恩爱如昔在沙滩漫步的老夫妇，羡煞旁人。"

"老二有与你通信吗？他在阿省工作，仍然爱喝上一

---

[1]　乔治太子城：又译为乔治王子城（Prince George），加拿大不列颠哥伦比亚省中部城市。

杯，一日自酒馆出来，与人打架，前额缝了六针，你说说他，他情绪较为激动。"

小山不出声。

松培改变话题："我教你一个省时省力妙方，预先写好三至五封电传，按日发给父母，好叫他们放心。轮流重复，但他们不会发觉，他们也忙得不亦乐乎。"

小山伏在桌上笑得落泪。

"有一件事我是感激父亲的：他一直负责我们三兄弟生活费用；他替我们缴付大学学费，我很心足，不会抱怨，况且三个又一视同仁，无分彼此。"

小山："为此我十分尊重余先生。"

"你仍然叫他余先生？"

"那是最适当称呼。"

下午，小山照松培所说，做了几封短信，准备轮流发给父母。

然后，她亲自撰写电邮给松远。

"天气冷了，我每日赶紧学车，回到公寓，立刻缩在被窝，暖气开至七十二度，仍觉寒意，葡萄藤不知是否都落叶，冰酒酿成没有，听老三说你最近有意外，都劝你当心身体。"

小山没有签名。

她用松远替她画的一幅侧面素描做标志。

她把电邮寄出去，但是，没有回复。

过了几天，常允珊回家。

她兴奋得很："快来看花玛酒庄的最新面貌。"

她让小山看录影记录。

"这里是新建的两层楼小屋，老花玛夫妇将在该处颐养天年，屋内设备先进，方便老人，他们也很满意。

"旧日平房，将全部翻新，却维持乡间风貌，阿余今次可大使拳脚，我看过图则，十分满意。

"小山，二楼、阁楼留给你住。

"这是我与阿余退休的地方了。"

图则一张张打出来，看得出是一个极其宽敞舒服的设计。

"本来想改名丽珊园，或是允思园，一想，花玛酒庄已经有点名气，仍然沿用旧名为佳。"

小山喘一口气，幸亏如此。

"郭思丽每年最多只打算去一次度假，酒庄法律上主人是我们两个人。

"全部旧人都留下，可惜一个叫金的厨子不愿离开公公婆婆，这个金连做一只苹果馅饼都叫人垂涎三尺。"

乡间空气好，她又有足够的运动量，且放下了工作烦恼，胃口自然大佳，其实不关厨子手艺。

"郭思丽讲得对，大地对人类有强大奇异魅力，我爱极庄园。"

小山问："葡萄如何？"

"有工人照顾，现在开始冬眠。"

小山说："我冷极了。"

"你怎么像个小老太太？"

小山想说：因为我不必扮青春活力冲劲十足。

常允珊看着女儿："你想说什么？"

"妈妈，你可快乐？"

常允珊叹口气，坐下来，搔搔头，不知怎样回答才好。

"做矫形手术，可痛苦呢？"

"整个月面孔肿似猪头,不过,又很满意效果,大家都说看上去精神得多。"

"与余先生在一起,真的比与爸相处愉快?"

"小山,这一点我可以肯定。"

小山伸过手去,轻轻抚摸母亲面孔。

她感喟地说:"你们大人想些什么,越来越难理解。"

常允珊见女儿如此老气横秋,不禁大笑起来。

不多久之前,这孩子半夜还会偷偷走到母亲房里,悄悄钻进妈妈被窝,今日,教训起老妈来。

小山说:"几时我们这一大堆离婚夫妇子女组织一个俱乐部,互诉衷情。"

"是吗,那么该会所成员占全世界三分之一人口。"

小山相信是。

长周末,小山到甘镇探访老花玛夫妇。

他们已到达见面不必说话地步,彼此拥抱良久,不愿放手。

新房子正在铺设地板,旧平房已局部拆卸。

太阳普照,来到乡间,小山忽然精神抖擞,倦意尽消。

醇酒与美食两只寻回犬带着她到处走。

蓝天、白云，小山再也不觉得冷。

她独自骑脚踏车到湖畔兜一个大圈子才回来。

许多户人家已开始重建，人类那渺小而百折不挠的精神，不知是可喜还是可悲。

"可有想到搬到别处去住？"

"全世界都不及甘镇好。"

"可是经过那么多——"

"我们对这片土地的感情更深。"

小山回转平房吃晚饭，金说好做一个牛肉锅，叫客人准时出席。

经过小小工具间，小山抬头看。

照图则，这间小货仓会拆掉改建泳池，可是，老二回来，势必寂寞，不如，劝母亲把它改建成一间客房。

小山走近门口，缩缩鼻子，闻不到那股熟悉的草药味。

她轻轻推开门。

那张破沙发还在，她轻轻坐下去了。

小山对着门口的光线，沉思良久，一静下来，寂寥之意，袭人而来。

新同学美美说：出门上飞机那日，慈母还替她梳头，自五岁开始，母亲天天替她收拾书包穿外套出门，美一想起慈爱母亲便会大哭。

小山深深艳羡。

她与母亲，像朋友一般，虽无隔膜，也无所不谈，但总欠缺一种原始的依赖感觉：凡事钻到老妈怀中，便可以解决。

常允珊这新派母亲主张子女自幼独立，看到别人家三岁孩子不会绑鞋带自然诧异地责备："自己动手，妈妈不是奴隶。"

小山搓搓手，正想回屋。

忽然有人说："一座山，好吗？"

小山又惊又喜："松远！"

可不就是他，独自半躺在角落里，正在做素描。

"你为什么不出声？"

松远懒洋洋答："小山你心不在焉，六英尺高的人在屋里也看不见，危险。"

他穿着旧毛衣，胸口有一个个虫蛀小洞。

"你放假回来看老人？"

"花玛酒庄已经易主，很快就不方便来了。"

"胡说，外公外婆还在这里。"

小山走近。

"过来。"

小山走到松远身边坐下，轻轻拍打他的手背。

"瘦多了。"他打量她。

"功课紧张。"

"真是傻，一个女孩子竟为功课伤神。"

小山讶异："沙文主义。"

"你想想，女子不外是结婚生子，照顾家庭，一双手即使做完纳米科技或是脑部手术，还是得喂幼儿吃粥。"

"那才是女性能干之处：文武全才。"

"你不怕辛苦就活该。"

小山又轻轻抚摸他额上疤痕："是怎样打起来的呢，家人十分担心，那种地方，少去为妙。"

"打架还需要理由？"他讪笑。

"松开与松培从不会惹是生非。"

"我是松远。"

"你大抵不是一个接受劝解的人。"

"我们说些别的。"

小山说："刚才我在山岗上看下去，只见短短数月，大地已被茂盛草原覆盖，生态荣衰发展，是自然定律，同生老病死一般平常。"

松远点头："你这才知道。"

"林火控制虫害，释放大量种子，增加泥土中的矿物质，数年后，又会再发展出另一个森林。"

松远喃喃说："同老人辞世、幼儿出生一般正常。"

小山问他："你在这角落做什么？"

松远抬起头朝天空一指。

小山随他手指方向看去，才发觉工具屋屋顶烧了一个大洞，这时，星辰刚刚升起，在灰蓝色天空中闪烁生光，煞是好看，小山忍不住叫出来："大熊星座。"

"我们应当学习这片土地的原住民，向大自然学习。"

小山躺在他身边抬头看向天际。

这时忽然听见有人叫她名字。

"小山，小山，吃饭了。"是金。

小山站起来："一齐进去。"

"你先走一步。"

小山点点头，她奔回平房。

可是，松远一直没有出现，他缺席。

小山对金说："留些菜给松远。"

金诧异："你挂住老二？他在阿省。"

小山一怔，啊，松远没告诉家人他回来。

他躲在工具间没人知道。

这是为什么？

小山走回工具间找松远，开亮了灯，才发觉他已经走了。

工具间空无一人。

小山好不失望，心里好像失去依据，不知何处掏空一块，她跌坐在地上，他为什么忽来忽去？

这时金也跟着出来："小山，天黑了有黑熊出没觅食，回转屋里安全。"

小山点点头。

"你跑工具间来做什么？"

小山却问："金，你可想家？"

"这就是我的家了。"

"大家都很欣赏你的手艺。"

"孩子们都离巢了，我再也没什么大展身手的机会。"

"葡萄园出售，你怎么看？"

"仍由自己人打理，老人又可以放下担子，何乐不为。"

金十分乐观，做人应当如此。

忽然她问："这是什么？"

地上有一张小小粉彩素描：紫蓝色天空，明黄色的大熊星座。

小山连忙说："是我的画。"

金半晌说："公公婆婆一天在这里，酒庄始终是他们的家。"

这时，狗只大声吠叫。

金说："唷，有野兽，快走。"

第二天一早，小山告别酒庄回城市。

黎明，草地上已经有白白一层薄霜。

片刻，太阳升起来，霜又融化。

小山上课下课，每日出门之前按钮向父母发出她的例牌问候电邮。生活十分刻板。

也有有利的时候。

同学美美有一日发现新大陆："小山小山，来看。"

她手上扬着一本杂志。

小山问："什么事大惊小怪？"

"小山，你为什么不告诉我，你母亲是葡萄园主人？"

美美指着杂志封面，小山傻了眼，这不是她母亲常允珊吗？

杂志叫《西方生活》，英语制作，照片拍摄得极其生动，只见常允珊穿着工人服站在庄园上，手捧着葡萄酒瓶笑得乐不可支。

"你怎么知道这是我母亲？"

"内页有你的照片。"

"啊。"小山大吃一惊。

啊，以后怎么做人，老妈太过分了。

杂志打开，果然，有母亲与她在老家合摄照片，那时小山只有十五六岁，但美美眼尖，还是认了出来。

美美艳羡之极："你家多么诗意浪漫，你知我爸做什么，嘿，他做印刷，一到过年，全厂都是庸俗的恭喜发财挥春[1]……"

小山接过杂志，仔细读了起来。

她走进图书馆找到静角落座位好好看那篇访问。

常允珊真是个机会主义者。

她从山林大火说起，栩栩如生地形容这一场灾劫，仿佛有份身历其境参与奋斗，然后，徐徐讲到本省种植葡萄历史，带领记者参观酒厂，招呼他们饮用最新酿制的凤凰牌……

她表示自己是酒庄新主人，大力表扬小型工业经营者血汗。

"身为新移民，在领养国出一份力是很重要的事。"

记者感动得不得了，直截了当地说："本国需要这样勤

---

[1] 挥春：粤语方言，指春联、门联、福字等。

力智慧的模范移民。"

小山费力读毕图文，然后卷起衣袖，把手臂上的鸡皮疙瘩抚平。

怎么向人解释呢？

也只得一句话不说。

小山回转课堂，把杂志还给美美。

"你妈妈既漂亮又能干。"

同时虚伪又取巧。

离婚后的妈妈越走越远，似只剩下一个小点，快在地平线上消失。

美美曾经邀请小山到家里用下午茶。

伯母做了许多中式点心，春卷水饺小麻球，吃得小山心满意足。

她不敢说情愿要那样的母亲。

各人命运与志向都不一样。

事后常允珊十分得意："花玛酒庄就是欠宣传。"

现在她是葡萄酒正式发言人了。

两桩生意两边跑，没一刻静下来思想过去未来，她故意把自己弄得累透，以免胡思乱想。

隆冬。

她拉着小山策划旅行。

小山忽然轻轻说："要去一块儿去。"

常允珊一怔："什么意思？"

谁知余先生在身后听见，十分愉快地说："好极了，我本来就想叫他们三兄弟团聚到酒庄过节。"

常允珊先不出声，然后慢慢说："小山胡言乱语，你做大人的也跟她起哄。"

"咦，过节本是家庭团聚好日子。"

小山知道有麻烦了。

不知为什么，母亲始终不喜欢他们三兄弟。

果然，常允珊脸色沉下来。

"你有多少家人？两老夫妻，三个儿子一个媳妇带着孙儿，前妻，她的男友算不算？一起包艘邮轮漫游地中海可好？"

阿余听了这话不忿，他这样回敬："你与小山，以及沈宏子与他现任妻子都可以来。"

终于吵起来。

沈宏子有先见之明，不让女儿与他们同住，免小山尴尬。

这时小山站起来："我还有功课。"

她想离开是非之地。

他们大人同小孩一样，吵起架来用词非常难听。

不料余先生先取过外套："我出去兜风。"

常允珊不甘示弱："小山，我们也出去喝咖啡。"

她啪一声关上灯。

"妈妈，这不大好吧。"

"我还有什么路可走？把整家人叫出来，谁付钞结账？又是我。我在宣明会助养两名小童，人家千恩万谢，他家牵丝攀藤一来十多人，都归我名下，长期谁吃得消，余某这人一点节蓄也无，所有大笔额外开销，始终转嫁给我。"

"或许可以平静地商量一下。"

"都是你，沈小山，多嘴，手臂朝外弯。"

母女喝咖啡到十一点，实在累，小山送母亲回家，余氏还没有回来，他也真会借口示威。

常允珊忽然叹口气，小山以为她有悔意，谁知她轻轻说："明早还不回来，我换人换锁，莫以为这个家他可以自出自入。"

小山一言不发，驾驶小车子回公寓。

老妈就是这个脾气。

大抵不会改了，强硬性格，已经陪她走了几十年，成、败，都是它，还怎么改呢。

在路口，小山看到余先生的车子回转，她放下心，响号示意。

余先生叫她停车。

小山问："你还不回去？"

他却说："你妈妈的世界里，只有她一个人。"

小山忽然笑："你也是呀，彼此彼此。"

"过节，我习惯与孩子们聚一聚，这是一年一度我这个失职父亲唯一见到他们的时候。"

小山摊摊手："我帮不到你。"

"我明白。"

他把车驶走。

什么时代，大人竟望子女帮他们解决问题。

简直是反面教材，他们做的，下一代不做，人生已经成功一半。

他们不愿发起家庭团聚，老花玛却出信邀请："小山，欢迎你到酒庄过白色圣诞，享用火鸡冰酒。"

小山相信余先生与母亲也收到同样邀请。

可是常允珊却说："小山，我与你到夏威夷潜水。"

"喂，那是你的酒庄呀。"

"我已经允许借出地方，仁至义尽。"

"妈妈只去一天，立刻回来。"

"小山，我不是十八岁无知少女，我清楚自己意愿。"

"这不是说我吗？指桑骂槐。"

"我一个人也可以玩得很高兴。"

"余先生呢？"

"余先生有他自己想法。"连她也叫他余先生。

"你们结婚有多久？"

"明知故问。"常允珊啪一声挂断电话。

没多久，沈宏子这样问小山："要不要回来陪爸爸过节？"

"你有时间？"

"思丽陪父母到英国探亲，我落了单。"

"你为什么不一起去帮忙担担抬抬？"

"我就是不想一路帮他们看行李找车子改飞机票转酒店房间。"

沈小山笑得呛咳。

"你来还是不来？"

"妈妈也叫我陪她，我忽然成了香饽饽。"

"她也为难，那余某一大堆孩子，连现成孙子都有啦，三代同堂，甚难应付，她事前没看清楚。"

小山不出声。

她也不得不承认，老妈选对象，眼光一向欠准。

"你不愿做跟班，郭家放过你？"

"他们有用人跟着去。"

"郭思丽没有不高兴？"

"岂能尽如人意。"

都说出真话来了。

小山说:"我隔日给你回复。"

第二天,她走向图书馆,忽然看到眼前白点飞舞,在亚热带长大的她以为是昆虫,本能伸手去拂,电光石火间她明白了。

是雪花。

初雪,轻俏优美,落到一半,又随风往上扬,小山仰起头,欣赏良久,心中赞叹。

但是她随即又觉凄清,低头不语,静静走进图书馆,在那里蹲了一个下午,一直看着窗外若隐若现的雪花。

晚上,沈宏子又找她。

"小山,不好意思,计划改变,思丽不跟父母,她陪我去大溪地,原来我在她心目中,仍占地位,哈哈哈。"

"不相干,你俩玩得高兴点。"

"你呢,小山。"

小山没好气:"老爸,你就别理我了。"

她用力挂上电话。

她一个人踏雪出去买晚餐。

天早黑,途人都心急想快点回家,路上人碰人,肩轧肩，平时礼貌不知丢往何处。

小山气馁，半途折回，算了，吃个泡面也一样饱肚，路边小贩却叫她："热狗，香辣热狗。"小山忍不住买了两只。"可可？"小山又要了一杯热饮。

她站在路边大口咬下，忽觉凄凉，落泪。

一边吃一边伤心，吃完一只，另一只放进口袋，走回公寓。

她比什么时候都想念他们三兄弟，尤其是松远。

下雪的阴暗黄昏，真叫寂寞的人慌张。

回到家，看到松培的电邮，破涕为笑。

"小山，每个人都应该在北国生活一段日子，没有季节的城市，不能启发思维，你说可是？外公叫我们返酒庄过节，老二已经婉拒，他说酒庄已经易主，他会在春假去探访老人。他现在一间电信公司做策划工作，薪酬不错，你们最近见过面？他特地去酒庄与你说好，没惊动老人……"

小山发呆，忽然她发觉已经坐烂了口袋中的热狗，啼笑皆非。

松远不去酒庄，她也只好留待春季再与他见面。

老三又说:"我真不耐烦做功课,要求烦苛,题目众多,虐待学生。我擅冰曲棍球,欲投考美某家大学体育系,日后必与父亲商量。"

小山吁出一口气。

她终于陪母亲到夏威夷大岛去住了几天,穿嬷嬷裙,戴花环,学徒手潜水。

常允珊的经济情况似乎大好,故此独自度假,毫不介怀,一路与合伙人及同事联络,头头是道。

小山客观衡量母亲。

身穿黑色浴衣坐在泳池旁的她尚能吸引不少眼光,年轻的小山却不知那是因为她就躺在老妈身边。

说穿了,常允珊不过是一个辛苦经营的单身母亲,可是今日社会盛行奖励式教育,政治正确,用词谨慎,像黑人叫美籍非裔人士,迟钝儿叫学习障碍儿童等。

故此,常允珊是一名能干独立的时代女性。

渐渐她自己也相信了,长袖善舞,建立了小世界,再不伤春悲秋。

小山的潜水师傅,是一个土著年轻人,体内混着四种血液，一个人就是联合国。

他长得有一点像余松远，主要是大家都喜欢赤膊。

他说："最美的潜水地是澳大利亚北部的大堡礁，百余种珊瑚，千多类鱼。"

大岛风光已经叫小山满意。

假使余松远也在就好了。

师傅带小山去看海底火山熔岩，一团一团，形状活脱像灰黑色枕头。

"看到没有，炽热熔岩自火山口喷出，流入海中，被海水冷却，一块块沉落海底，形成今日模样。"

蔚为奇观。

真没想到，如此庸俗乏味的度假地也有可取之处。

常允珊一边听手提电话，一边学土风舞。

说得起劲，索性走到棕榈树底絮絮不已。

小山头上戴鸡蛋花环，跟一个中年太太学习款摆。

舞蹈老师有感慨："土风舞太过商业化了。"

那边常允珊忽然被黄丝蚁咬了一串水泡，尖叫起来。

小山陪她去医生处敷药。

常允珊说："回去吧，玩腻了。"

心急与不耐烦一如少年人。

反而小山说："我喜欢这里，悠闲清净，只赚一点点钱也可以过得很舒服，孩子们咚咚跳舞，肚子饿了捕鱼烤香饱餐一顿，口干采椰子饮汁解渴。"

常允珊噗一声笑："孩子，这是夏威夷群岛，不是世外桃源，全美五十州之中以它生活指数最高。"

小山颓然。

"这是你喜欢花玛酒庄的原因吧，你崇尚假自然，放心，那一半股份我会抓得牢牢，将来我骑鹤西去，那份子就是你的。"

"假自然。"

"当然，把你扔到无水电的阿玛逊[1]流域去，你吃得消吗？你是那种窝在沙发里边喝香草奶昔边阅《国家地理》杂志边叹大自然美妙的人。"

母亲揶揄女儿。

---

[1] 阿玛逊：又译为亚马孙（Amazon），此处指亚马孙河，南美洲北部河流。

老妈说得对，她们是不折不扣的城市人，一场山火已叫母女目瞪口呆。

过一日她们收拾行李回家。

潜水师傅一直送到小型飞机场。

"明年会不会再来？"

"倘若来，一定与你联络。"

飞机前往火奴鲁鲁[1]，常允珊问："他叫什么名字？"

"基阿奴，一阵轻风吹过山谷的意思。"

"土语很有文化呀。"

回到家门，小山用她的锁匙开门，才发觉门锁已经换过了。

这不是好现象。

常允珊若无其事把一条新门匙交给女儿。

"妈妈——"小山担心。

"不关你事，无论发生什么，妈妈都是你的妈妈。"

小山不出声。

---

[1]　火奴鲁鲁：又称檀香山（Honolulu），美国夏威夷州首府。

母亲已经把她带得那么远，她还能抱怨什么。

隆冬中她晒得一脸金棕度假回来，手边从来不缺零用钱，见识、阅历、享受，都比一般同龄女孩子好，还有什么可抱怨的呢。

换一个标准普通家庭妇女妈妈给她，沈小山能学到这么多吗。

她低下头。

第二天一早她在雪中考驾驶执照。

晒黑了的她双眼更加明亮，笑容可掬，印象分十足，虽犯些少瑕疵，考官还是给她及格。

那天老三给她传来许多照片："你没来，大家都想念你，金尤其垂头丧气，她最爱看你的吃相：像五六岁孩子般，全神贯注，低头唰唰唰苦吃，浑忘世事……松远也没来，与你一般怪脾气。哀绿绮思怀孕，松开将为人父，我爸高兴至极，他将赴加州一家建筑公司工作，你与母亲也会跟随吗？"

小山并不知道该宗新闻。

她特地去探访母亲。

"常女士，余先生将到美国任新职，你可知此事？"

常允珊不语。

"你们已届相敬如冰的地步了？"

"他持有美国建筑师执照，处处去得，人随工走，也稀疏平常。"

"你可有打算随行？"

"小山，我俩已经分居。"

小山一听，不禁痛斥："儿戏！"

常允珊不出声，过一会儿她轻轻说："我已厌倦一年搬一次家。我决定不再跟着他四处跑。"

"请再给你们两人一个机会。"小山恳求。

"太费时了。"

"你们怎么像小孩一般草率任性？"

"也许因为我们那一代年轻时无太多自由，所以到今日才放肆起来。"

"胡说，你在六十年代出生，八十年代成长，是都会里最幸运一代。"

常允珊叹口气："最迷失的也是我们，好日子宠坏人。"

"你要与余先生分手？"

"我俩意见分歧，彼此无法迁就。"

"妈妈，你会叫人笑话。"

常允珊丝毫不在乎："每日靠我自身挨过，每张账单我自己付清，我无暇理会人家说些什么笑些什么。"

"余先生是好人。"

常允珊答："他是好人，我也是好人，沈宏子更加好得不得了。"

"你不可理喻。"

常允珊忽然笑："家母当年也那样批评我，你外婆倘若在世，你们婆孙一定谈得来。"

小山气结。

"小山，你长大了。"

"是，我不再赌气，我改为生气。"

"你放心，我不会再结婚。"

"这算是承诺？"小山惊喜。

"绝对是。"

"这是我最好的生日礼物。"

常允珊猛然想起，这孩子已经十八岁了。

她发呆，看着小山好一会儿，女儿长得与她年轻时相似，一般手长腿长，天生吃什么都不胖，直到三十五岁过后，看着她等于看到自己般。

不知不觉，已经十八岁，算是成年了。

她忽然哽咽："小山，我知道这两年你过得不顺心。"

小山立刻说："我很好，任何由父母缴付大学学费而仍抱怨不开心的人都应罚打。"

长大了。

常允珊却不知想起些什么，流泪不止。

是她自己的少年期吧。

小山把母亲拥抱在怀中，此刻小山比她高大壮健，体质胜老妈多。

常允珊缓缓说："原先我不知道，原来余氏心中有一个自私想法：他想结婚后把三个儿子领回，叫我当后母。"

小山一呆。

"他与前妻，即是男孩的生母，在一起之际，反而没有这种念头，竟图把责任推我头上，其心可诛。"

"妈妈，他们全部成年，松开且结婚。"

"所以更加没有理由把他们拉在一起，他因过去扔下他们内疚，今日叫我来弥补。"

"你有跟他谈过吗？"

常允珊叹口气："吵过许多次，不愿退让。"

"成年人各有各毛病。"

"忽然明白，我原来嫁了他们一家四名余氏，同一阵线，一人一句，就骂死了我。"

"他们不是那样的人。"

"以免双方说出更难听的话来，我知难而退。"

小山忽然揶揄母亲："原先，你以为他每个周末都会陪你跳舞到天明吧。"

谁知常允珊坦白答："每个女人都有此梦想。"

小山却说："我倒没有。"

"你是一个小女孩。"

"不太小了，已是名老少女。"

"你对伴侣有什么憧憬？"

小山感慨地说出心中话："能在一起就很好。"

常允珊轻轻问："有什么理由不能见面吗？"

小山笑起来："他是一个魁梧的黑人。"

常允珊啼笑皆非："小心，这不是笑话，不可乱讲。"

小山低头说："可惜。"

"算了，我曾经失去更多。"

半晌，小山说："我还有功课要做。"

"不留你了。"

小山出门时发觉四肢僵麻，心里有说不出的酸痛。

母亲又要离婚。

这样来回，来回，大半生心血付之流水，真不幸。

她在车里接了通电话。

"小山，我是余先生，允珊说你刚从她家出来，有时间喝杯咖啡吗？"

"我在十三街转角金山咖啡店等你。"

余先生推开玻璃门进来，大衣肩膀上沾着雪，有点沧桑，他的大半生也已经过去了，快要做祖父。

他亲切地与小山握手："松开快做父亲，你是姑姑了。"

年纪轻轻，两子之父，担子不少。

小山微笑："我成为姑奶奶啦。"

"小山，但愿你妈妈与你一样亲切近人。"

"家母不是坏人。"

"当然，小山，我不应在你面前说她长短。"

"谢谢你。"

"小山，我将到旧金山工作一年。"

"我听松培讲过。"

"这是我全部通信号码及地址，有什么事不必犹疑，立刻通知我回来。"

小山相信这承诺是认真的。

"我与你母亲——"

小山微笑："各人打三十大板。"

他忽然笑了，笑得挤出眼泪，在灯光下，小山看到他鬓边星星白发。

"小山，很高兴认识你这个可爱懂事的少女。"

"多谢赞美。"

余氏亲自向沈小山交代来龙去脉，安心道别。

他们都是好人，只是，他们都不是好伴侣。

自咖啡室出来，小山更加感慨。

那天晚上，她没睡好，醒了又醒，怕上课迟到，每次都看看闹钟：一点半，三点四十五分，五点一刻，终于，六点廿分，她一跃而起。

梳洗之前，掩着脸一会儿。

小山更衣出门。

父亲电话追上来。

"小山，怎么样？"

"我不是每天都有电邮报平安吗？"

"小山，那则电邮用过三十次了，其中一个词'问候'拼错，你一直也不改正。"

啊，拆穿西洋镜。

"大溪地好玩吗？"

"能丢下电话十天八天真是天大福气。"

关键在十天八天，倘若是一年半载，可能又闷个半死。

沈宏子像是要打听什么："好吗？"

"很好。"小山不想透露母亲的事。

"小山，我听说他俩已经分居。"

"谁？"小山还是不想提。

"我一早不看好他们，果然不出山人所料。"

"爸，幸灾乐祸不是君子行为。"

"我敢吗？我只希望她开心，那么，我亦可以高枕无忧。"

"她会得照顾自己。"

"你是偏帮母亲的好女儿。"

"我不帮她还有谁会帮他，她的父亲与丈夫都不能帮她。"

"你怪我小山。"

"我有吗，爸，我没有。"

她在红灯前挂断电话。

那日沈小山在图书馆写功课到黄昏，有人坐到她对面。

小山抬起头，发觉是英俊及受女生欢迎的同系同学洪大伟。

洪轻轻说："有关面子，帮我一个忙。"

小山双眼看着笔记："你我有交情吗？"

"同窗。"

"说吧。"

"我与人打赌，请你到俱乐部喝啤酒。"

小山仍然没有抬头："多少赌注？"

"三百，兼请全场喝酒。"

"嗯，不少呀。"

"条件是你出现：唱歌，跳舞。"

小山笑起来："亏你们想得出，我不懂唱歌，亦不谙跳舞。"

她收拾书本回家。

小洪跟上去："唱'闪烁小星'即可，还有，跳三步四步我就可以赢得赌注。"

小山不感兴趣。

那男生忽然这样说："沈小山，大学生活是人类一生最好岁月，你莫非想呆板地度过？来，做些平时你不会做的事，将来有个回忆，说不定会心微笑。"

该小子口才真正了得。

几句话说到小山心坎里去。

她想一想，抬起头："还等什么，走吧。"

他大喜过望。

小山留言给母亲："今晚不陪你吃饭，我在大学俱乐部。"

她走进地库俱乐部就听见一阵赞叹声，小山怀疑赌注不止三百元。

洪大伟顿时威风八面，把小山当公主一般奉承。

小山与同学们闲谈一会儿，喝了半杯啤酒。

她主动建议："不如唱歌热闹一下。"

大家兴奋地问："唱什么？"

小山答："我先上台。"

她同乐队解释一下，洋人搔首，忽然琴手说："我知道这首歌，我会。"

他钢琴独奏，过门一起，华裔同学立刻吹起口哨。

小山解释："这首歌，即兴可译作'一个个字'。"

那是华人都懂得的《千言万语》。

小山轻轻哼起："那天起，你对我说，永远地爱着我，千言和万语，随浮云掠过……"

显著走音，高处又去不到，可是同学们却感动了。

他们一起唱："不知道为了什么，忧愁它围绕着我……那天起，你对我说，永远地爱着我……"

洪大伟不懂歌词，他听得发愣，歌声竟这样凄婉。

唱完了，大家鼓掌。

有漂亮的金发女同学不甘示弱，跳上台去叫乐队奏"樱桃红与萍花白"，把气氛带上高峰。

那女生扭着腰，脱去衬衫，男生疯狂叫嚣。

洪大伟忽然在小山耳边说："我不接受赌注。"

小山问："什么？"

"打赌取消。"

"你不是赢了吗？"

"我不在乎，我当约会你。"

小山微笑。

女同学脱下长裤，音乐适可而止忽然停顿，灯光一暗，转为三步四步。

洪大伟邀舞。

小山说："你不必介怀，今晚我玩得很高兴。"

他刚想诉说衷情，忽然有人挤过来拍他肩膀，这是要求让舞的意思。

这样不识趣，是谁？

小山抬起头，意外得说不出话来。

小山以为她看错，连忙拉着他往灯光下站。

她问："你怎么来了？"

可不正是松远。

洪大伟一见沈小山那亲昵盼望的神情，就知道他来迟一步。

愿赌服输，他立即退开。

小山惊喜地问松远："你怎么知道我在这里？"

"你妈妈告诉我。"

"老远来，有事吗？"

"长周末，没事做，正好四处探访朋友。"

小山说："跳舞，别出声。"

有女同学在台上唱："如此良夜，切莫虚度，我们共舞，脸贴脸，我们跳舞，脸贴脸……"

小山主动悄悄把脸贴近松远的面颊。

世上所有年轻人都应该惜取如此美景良辰，把握机会，与意中人在学生俱乐部跳舞。

你没有试过？啊，你不知错过什么。

将来老了，在一个雨夜，你没有回忆。

在这一刻，何必想到明天、前途、将来，或是英文、算术、化学测验会不会做。

轻轻拥抱你的意中人，脸贴脸，共起舞。

音乐停止，他们笑了。

松远说："小山你舞步轻若羽毛。"

这时室内空气开始混浊，烟酒气味四处蔓延。

"我们走吧。"

小山点点头。

她取过外套，想与洪大伟道别。

一眼看见他被一大群女生围着，兴高采烈，正在吹牛，小山笑了。

还是别去打扰他吧。

她挽着松远的手离去。

门外空气清新冷冽，小山把大衣领子翻起来。

她细细打量松远，忽然她说："老二，你可有听说，我与你，不再是兄妹了。"

松远轻轻答："嗯，我俩现在，变得一点关系也没有。"

小山接上去："我们像陌路人一样。"

忽然之间，她觉得如释重负，不顾一切，紧紧抱住余松远。

松远轻轻说："喂，喂。"

他把下巴埋在她头发里，忽然落下泪来。

那多事的一年终于过去。

葡萄成熟的时候

柒·

成年人用许多时间心血寻寻觅觅，
希望被爱，却又不愿爱人。

新年新景象。

小山抽空去探访松开一家。

哀绿绮思大腹便便，精神却比从前振作爽磊，人反而结实了。

约伯还是那么可爱，笑嘻嘻："一座小山又来看我们，我想念你。"

小山把带来的益智拼图玩具送给他。

"约伯，我们暂时不玩电子游戏，在这方面我们不妨稍微过时。"

松开愉快地说："小妹，过来参观婴儿房，房子与车子均按月供款，发出薪水花得光光，唉。"

"酿成好酒不就心满意足。"

"别让我老板知晓,这酒比不上花玛酒庄的酒。"

小山哈哈大笑:"感情上花玛酒庄起码加十分。"

哀绿绮思过来握着小山的手:"小妹,见到你真好。"

小山说:"松培有来吗?"

"松培转到仙打巴巴拉[1]读体育,与爸最接近。"

哀绿绮思又问:"有人见过老二吗?"

松开说:"听松培说,他戒酒戒烟,早睡早起,前后判若两人。"

哀绿绮思笑:"哪个女子今日认识他,时机就正确,所以说,缘分与时间有很大关系,他现在是准备好了。"

松开问:"喂,晚餐准备妥当没有,你只记挂着唠叨。"

哀绿绮思笑:"小山,看到没有,别急着结婚,女子一嫁人,一文不值。"

小山也笑。

约伯过来学着说:"一文不值。"

---

[1] 仙打巴巴拉:又译为圣巴巴拉(Santa Barbara),此处指美国加州大学圣巴巴拉分校(University of California, Santa Barbara, UCSB)。

小山蹲下问："你上学没有？"

"幼儿班，学一二三四。"

小山感喟："我还记得第一天到幼稚园情况：三岁，一回头不见了妈妈，哭得死去活来，一晃眼，已是大学生。"

哀绿绮思吁出一口气："哪有你说得那么快，不知道要挨多久。"

轮到松开说："听到没有，与我在一起，是挨日子呢。"

华人叫这种言行为打情骂俏，是闺房中一种极大乐趣。

小山微微笑，他俩确实找对了人。

开头的时候小山也不敢看好：哀绿绮思还未自丧偶哀伤恢复过来，颓丧、低沉、迷茫，还带着一个脏小孩，失业兼失意。

只有松开孤独一意坚持爱她。

此刻她把一个家打理得头头是道，从早做到晚，少有私人时间，黎明起来，深夜才睡。

这时松开忽然说："小山最同情我俩，帮我们最多。"

他拥抱小山。

约伯也过来学着抱住大人的腿。

小山谦逊："是你们坚贞。"

松开把晚餐摆出来，一盆鸡肉馅饼又香又脆。

松开取出花玛酒庄的冰葡萄酒，让小山品尝。

冰酒比一般葡萄酒甜，小山一向不喜欢喝糖浆，可是这支酒的香甜如传说中的琼浆玉液，沁人心脾，提升了"给你一点甜头"这句话的层次。

"哗。"

松开点头："要顾客说出这个字来不简单。"

"这杯酒有使人觉得'活着还是不错'的魅力。"

"去年的葡萄异常瑰丽，听外公说，日本人全部订下，一瓶不漏，且又预订明年所有收成。"

"他们眼光独到。"

"日本人参观酒庄时感慨地说：加国什么都有：肥沃土地、浩瀚森林、万年冰川，又是千湖之国，海产、农业、油矿，甚至钻矿……他都不愿回去了。"

"当心，"小山说，"上一次，他们也艳羡中国地大物博，大家已知结局。"

"他愿出高价购下酒庄。"

小山微微笑，她知道母亲不会出让股份。

"我听说另一位股东郭女士正与他们商洽。"

小山抬起头："我永远是最后一个知道消息的人。"

"你是小孩，何必管那么多事。"

"嘿。"

"小山，一场山火把他们拉在一起，事后又各散东西，这是城市人的特性。"

小山摇头："不是我。"

"小山，你是一颗宝石，我真得设法把你留在余家。"

哀绿绮思问小山："你还有什么计划？"

"我顺路去看余先生。"

松开说："我替你约他，还有，乘机把松培也叫到他处见个面。"

小山听了十分高兴。

忽然之间她像是添了亲人，母亲这段婚姻又告失败，可是却令沈小山有意想不到的收获。

老三在长途车站接小山，她一下车，他便冲上来把她整个人抱起，还把她抛上抛下三次之多。

途人都笑着鼓起掌来。

"可爱的小山。"他亲吻她面颊。

他驾驶吉普车载她进市区。

"小山，花玛酒庄又重新上了轨道，到了春季，大家都去参观，欣赏她欣欣向荣。"

小山点点头。

"你妈妈留了五个巴仙[1]股份给我外公，又让他做名誉董事，她长袖善舞，叫大家都高兴。"

小山吁出一口气。

"你不像她。"

这是褒是贬？在都会里，说一个人笨，反而是赞美他，说"他何等聪明"，却是讽刺他。

"他们两人却分开了。"

小山无奈："成年人用许多时间心血寻寻觅觅，希望被爱，却又不愿爱人。"

"小山，你不同，你愿意付出。"

---

[1] 巴仙：香港及东南亚等地华人常用语，即普通话的"百分之"，由英文 percent 音译而来。"五个巴仙"即"百分之五"。

小山低头微笑："没有你说得那么好。"

下午,她与余先生一起喝咖啡。

他带着女同事一起出现,那年轻女子主动亲热地贴住他,好比一块撒隆巴斯药膏布,双眼时时倾慕地看着他不放。

小山忍不住笑。

老三别转头,也咧开嘴。

这次聚会竟有意外之喜。

余先生问:"允珊好吗?"

小山答:"托赖,很好。"

"她是一个能干的女子,我配不上她。"

"你们仍是朋友?"

"现在已经和好,在电话里一谈半小时,话题很多。她现在对葡萄酒很有研究,同我说:现在才知道什么什么尚寻芳酒的感觉十分惆怅。"

小山给他补上去:"醉醺醺尚寻芳酒。"

"对了,是这说法。"

小山笑。

"小山，"他忽然问，"怎样才可以把你留在余家？"

"余家永远是我至亲。"

"那我真要感谢允珊给我们这件礼物。"

道别之后，老三说："爸这下子是真老了。"

小山却说："男人过了四十岁都会这样：倾向红色跑车，年轻女伴，情绪不稳，寝食不安，很明显是更年期界限，中年危机。"

"松培，你学业如何？"

"过得去，最近读古罗马建筑及土地测量法，你说，这同日常生活有什么关系。"

"好叫你做一个有文化的人呀。"

"是否会保证我爱情顺利事业畅通？"

小山笑："读好这几年书再说吧。"

他送她回公路车站，替她买糖果饮料水果饼干，看着她坐好，车子驶走，他还依依不舍站车站边。

小山身旁坐着一位老先生，他忍不住告诉小山："我少年时，也像你男友般深爱一个女孩子。"

"嗬，"小山笑问，"后来你俩成为佳偶？"

老先生垂头："不，我俩因升学分开。"

"啊。"

"话别那日，她流泪说：'森，没有人会爱你更多。'我清晰记得她亮晶晶泪水流下苹果般面颊，宛如昨日，"他深深叹息，"时间都到什么地方去了？"

小山不能回答。

那该是多久之前的事，约五十年，半个世纪吧，他早忘却独立宣言，分子结构，罗马兴亡史，哪一次升职、加薪……可是他还记得她闪亮的眼泪。

老人在中途下车。

回家第二天，松远便来看她。

他一边做肉酱意粉一边问："你没有告诉他们？"

小山抬起头："什么？"

"我与你约会。"

"我们在约会吗？"小山笑起来，"我们极少定时间地点。"

松远取出三瓶葡萄酒："今天我们试这三支酒。"

"上次那三种叫什么？有一瓶是苦的，另一瓶有股霉味，真丢人。"

"我都有记录，可供参考。华谚云：三人行，必有我师焉。人家缺点，我们可以警惕。"

"你真是酒庄的孙子。"

松远又问："你没对他们说？"

小山低下头："仍不是时候。"

松远揶揄她："你不是一向最勇敢吗？"

"唷，自古至今，鼓励别人勇往直前是最容易的事。"

"可是你特地去见我爸，为的不是这件事吗？"

"他有女友在场。"

松远莞尔："我们及他一半豪情也足够夸夸而谈了。"

"他的确懂得享受生活。"

"那么，老大与老三怎么看？"

"我没讲，喉咙像是有一颗石子塞住，什么都说不出来。"

松远收敛笑容："啊，他们也还不知道。"

"我总算明白什么叫作难以启齿。"

松远说："如果觉得有压力，再隔一段时间才透露好了。我们不过是想他们高兴，我们无须征求他们同意。"

"好倔强。"

松远低头笑:"这是我自小到大听得最多的评语。"

"我们维持现状,尽量低调,不劳问候,该做什么轻轻松松地做,不用向任何人交代或解释。"

"沈小山的确很勇敢。"

"刚才好像有人笑我懦弱。"

松远握住她的手:"那么,几时才说?"

小山很肯定:"我毕业那天。"

"哇,等!"

"松远,背起我。"

"咦,在屋里为何要人背?"

"唏,叫你做什么便做,听话。"

松远背起她在公寓里走来走去。

小山伏在他的背上,一直不出声。

松远却说:"来春,我们去花玛酒庄看葡萄。"

他也不觉得累,背了好些时候,才放下小山吃午餐。

初春,小山要考试,功课题目排山倒海那样派下来,但求来得及交功课,于愿已足。

她盼望春假。

好不容易两个星期的假期开始。

第一天，小山赖床，噩梦连连，只听得有一个人大声在她耳边喊："沈小山，起来，考试开始，你失场，零分！"

小山惊醒，掩着耳朵，尖叫起来："我退学，我不读了！"

然后才发觉是个梦。

电话铃震天价响。

小山跑去听，一边犹有余悸，还在喘息。

那边更急："小山，我是松开，可否来一次？哀绿绮思昨夜忽然早产入院，我手足无措。"

"恭喜恭喜，情况如何？"

"母女平安，婴儿只得五磅。"

小山放下心来："五磅是中个子，不用住氧气箱，你放心，我下午就到你家。"

"你常识丰富。"

小山笑："我出生也只得五磅，一天喂九次。"

可怜的余松开，连道谢也来不及，就挂上电话。

小山立刻梳洗出门到飞机场买票子。

在候机室她一边吃热狗充饥一边联络老好金，请她立刻赶往美国。

"金，我负责幼婴，你做菜给大伙吃，还有，约伯才三岁，也得有人照顾。"

金笑声震天："我立刻通知两老：花玛家第四代出生了。我会第一时间与你会合，这是一家人发挥力量的时刻。"

金只比小山迟一班飞机。

她经验老到，四周围一看，立刻同小山说："我们出去办货。"

马上开始做指挥官，一手抱起约伯，先到百货公司，大量采购幼儿用品，再到菜市场置材料做菜。

接着把家务全部揽过来。

松开高兴得流泪。

"别紧张，婴儿比你们想象中扎实，老人家说：一旦可以出门，立刻去见太外公外婆。"

松开说："我带你们去看她。"

"小山先去，我做饭。"

松开转过头来："小山——"

"别婆妈，快走。"

他已经两日两夜没睡，鼻子通红。

到了医院，小山先去看幼婴，啊，她着实吓了一跳。双手不觉颤抖，原来只得一只两公升汽水瓶那么大，挺吓人。

她轻轻抱在手中，看着那小小轮廓精致的面孔，才那么一点点大，就看得出是个小美人。

初生儿忽然打了一个哈欠，帽子下露出乌亮浓厚的黑发。

"你好，我是你小山阿姨。"

放下小婴，他们去看哀绿绮思。

她真伟大，才做完手术，已经斜斜靠在椅子上与医生说话，气色上佳。

只听得医生笑："虚惊一场，明日可以出院。"

明日回家？小山睁大双眼，那么简单？

嘀，原来做女人需无坚不摧。

哀绿绮思一眼看见小山，两人紧紧拥抱。

随即她雪雪呼痛。

"慢慢，慢慢。"

幸亏救兵驾到，否则带伤的她回家怎么照顾两个孩子一个家。

她轻轻说："我真是幸运。"

过一日他们一起回家。

人多好办事。

金说："松开你尽管去上班，这里有我们呢。"

松开叫小山到一角，把薪水交给她："这两个礼拜你当家。"

小山伸手推开："这两个礼拜是阿姨的礼物。"

松开点点头："明白。"

金查黄页找保姆公司："我来面试，保证合用。"

她煮了韩国著名的人参炖鸡，大家都有食补。

家里井井有条。

谁有空就立刻伸手做，不过好几次，婴儿睡，小山也抱着她睡着。

金低声说："你要舍得放下她。"

小山忽然大笑："真是，只要舍得，有什么是放不下的。"

可是她不舍得，想到自己也是由父母从五磅养大，更不敢抱怨。

料理得当，幼婴体重增加得快，产妇健康恢复迅速，余松开放下心来。

新保姆来上工，金笑说："我不舍得走。"

小山答："我也是。"

她没想到，这样过了一个春节。

哀绿绮思说："小山，我欠你人情，这样吧，你生养的时候，我们一家来侍候你回报。"

松开说："好主意。"

小山大笑："那该是多久后的事。"

金答："比你想象中快。"

新保姆很快上手。

小山静静问松开："经济没问题吧？"

"托赖，可以应付，明年或有机会升职。"

"暑假再见。"

"届时我们到花玛酒庄会合。"

小山与金功成身退。

小山没有说出来的是她腰酸背痛，双手像练过举重，需敷热水才解救酸软。

她只不过劳动了两个星期，小山骇笑，人类养育下一代的手法需要严重检讨。

金笑笑问："不敢再责怪父母？"

小山答："哪里瞒得你的法眼。"

"暑假一定要来看葡萄成熟。"

小山大声答允。

回家第二天大雪，小山故意找借口外出，看雪地里脚印。

孩子们趁假期最后一日打雪仗，十分挑衅，路过的车子、行人，无一侥免，小山背脊吃了好几个雪球。

下午，母亲找她喝茶。

"你又往余家？走动那么勤。"

"妈妈。松开做父亲了。"

"松开是老大？"她仍没记牢他们名字，"他不姓余，他的孩子也不姓余。"她依然计较。

"那幼婴十分可爱，我不愿放下。"

"嗬，阿余竟成为祖父辈了，可怕，他倒是完成了繁殖大业。"

"你妒忌他，故此语调尖刻。"

"嘿，我才不希望即时升级做外婆。"

"有什么好消息？"

"花玛酒庄全部重建完毕，成绩理想，我们设一个小型门市部，又免费欢迎市民参观试酒，厂房机器更新，别墅也已盖好。"

"你一定很高兴。"

"我忽然成为成功事业女性。"

"妈，你做得很好。"

常允珊感慨："是呀，手头上有点钱，人们对我日渐尊重。"

小山劝说："或许不是因为钱。"

常允珊按住小山的手："相信我，什么都是为着钱。"

成年人都喜欢那样说。

他们栽过筋斗，每次救他们脱离灾难，都是金钱，所以才会坚信金钱能量。

小山不忍与母亲争辩。

"你应该去看看，山火那么大的伤疤，竟复原迅速，真正难得。"

"怕要到暑假了，我已约好花玛家聚会。"

"小山，我记得你一向盼望兄弟姐妹大家庭，这样也好，得偿所愿。"

松远一有时间便来看她。

"明年也许有机会南调工作，虽然是好消息，但是怕朝夕相对，大家很快烦腻。"

小山心中喜悦，但不出声。

"更怕你动辄召我陪茶陪饭，叫我廿四小时殷勤服务，沦为奴隶。"

小山看着他："那你搬到北极圈的爱斯米尔岛[1]去吧。"

松远说："我不怕，你跟我一起去住冰屋。"

两个年轻人哈哈笑起来。

是与金钱无关，因为公寓租金由父亲支付，稍后晚餐费用记在母亲信用卡上。

---

[1] 爱斯米尔岛：又译为埃尔斯米尔岛（Ellesmere Island），加拿大努纳武特地区岛屿，是世界第十大岛，属于寒带苔原气候，人烟稀少。

没想到第二天一早母亲会来敲门。

松远百忙中打个眼色，意思是坦白呢，还是躲起来。

小山向衣橱努努嘴，他连忙打开柜门走进去。

母亲给她买了羽绒大衣，放下就走。

走廊边放着松远的靴子，她好似没看见，小山连忙过去挡住。

常允珊丢下一句："万事自己当心。"

关上门，小山吁出一口气，耳朵烧得透明。

她对衣橱说话："出来吧。"

没有回音，小山去拉开柜门，不见松远。

正纳罕，他忽然自角落跳出来："我宣布正式自柜里走出来。"

小山却没有笑，她仍然面红耳赤。

松远坐下轻声说："坦白有坦白的好处。"

"我还没有准备好。"

"你妈妈却有心理准备。"

"她已知道此事？"小山脸色大变。

"她那么精明，总看得出蛛丝马迹，可是你坚持保守秘密。"

"我一向不喜欢倾诉心事。"

复活节，他们结伴往中美洲，余松远不忘参观塔基拉[1]酒厂。

这种土酒用仙人掌酿制，一望无际的仙人掌田别有风味。

小山说："在中国，有米酒及高粱酒，我始终最喜欢香槟。"

谁不知道呢，松远笑了，但小山无论说什么做什么，在他眼中，都是最可爱最动人。

五月，松培的成绩单出来，只得丙级，抱怨不已，小山坚持不允透露她的分数，以免松培不愉快。

小山不止甲级，她的平均分数是九十七点五。

沈宏子与常允珊为此成绩高兴得不得了。

收过成绩表，一年告终。

暑假一开始，大家不约而同往花玛酒庄出发。

---

[1] 塔基拉：又译为特吉拉、特奎拉（Tequila）等，即龙舌兰酒，原产于墨西哥。

松开一家四口最先到，接着是小山与松远，松培有一场球赛，迟半个月。

意想不到的是常允珊与郭思丽也来了。

大家站在庭院前喝柠檬茶，一墙鲜红棘杜鹃开出来，风景竟像南欧，远处是青葱的葡萄田，空气中满是花香果子香。

小山说："真美。"

松远答："像极一幅水彩画。"

两个老人健康良好，最叫人安慰。

小山回到屋里，看见花玛公在沙发上盹着，他把小重外孙女放在肚腩上，那幼婴伏在太外公身上，也睡得香甜，肚腩一起一伏，那平和节奏像催眠术一般。

小山打心里笑出来，连忙去找照相机。

外边凉亭下金捧着青瓜三明治招待两位太太。

"金，你也坐下来喝杯茶。"

"那我不客气了。"

三位中年女士的话题不觉落在两个年轻人身上。

"他俩要到几时才公布关系呢？"

金说："给他们一点空间。"

"曾是兄妹，也许有点尴尬。"

常允珊说："其实，大家一早就知道。"

金说："我知道得最早，去年他俩见面不久，花玛公就说：是小山的温柔感动改变了老二。"

常允珊吃惊："老人好不精灵。"

"是呀，两个年轻人瞒得了谁呢。"金咕咕笑。

松开与哀绿绮思也走过来加入聊天。

"你见过老二替小山画的素描没有，谁还会怀疑他对她的感情。"

"两个寂寞的孩子……"

郭思丽笑说："现在好了。"

小山与松远一直跑下葡萄园。

她采了几颗葡萄放进松远嘴里。

"嗯，甜。"

小山说："他们都聚在凉亭下，在谈什么？会是说我们吗？"

松远伸手一指："看那边。"

山坡上仍然焦痕处处，但已有新树苗长出。

"不怕，"小山说，"再过几年，大自然的伤疤自然缝合，再也没有痕迹。"

他俩手拉手，走过阡陌。

图书在版编目（CIP）数据

葡萄成熟的时候／（加）亦舒著．—长沙：湖南文
艺出版社，2018.8
ISBN 978-7-5404-8781-2

Ⅰ．①葡…　Ⅱ．①亦…　Ⅲ．①长篇小说—加拿大—现
代　Ⅳ．① I711.45

中国版本图书馆 CIP 数据核字（2018）第 146579 号

上架建议：畅销·小说

PUTAO CHENGSHU DE SHIHOU
葡萄成熟的时候

作　　者：［加］亦舒
出 版 人：曾赛丰
责任编辑：薛　健　刘诗哲
监　　制：毛闽峰　李　娜　刘　霁
策划编辑：李　颖　沈可成　杨　祎　雷清清　马玉瑾
文案编辑：吕　晴
营销编辑：杨　帆　周怡文　刘　珣
封面设计：张丽娜
版式设计：李　洁
出版发行：湖南文艺出版社
　　　　　（长沙市雨花区东二环一段 508 号　邮编：410014）
网　　址：www.hnwy.net
印　　刷：北京天宇万达印刷有限公司
经　　销：新华书店
开　　本：775mm × 1120mm　1/32
字　　数：133 千字
印　　张：8.5
版　　次：2018 年 8 月第 1 版
印　　次：2018 年 8 月第 1 次印刷
书　　号：ISBN 978-7-5404-8781-2
定　　价：43.80 元

若有质量问题，请致电质量监督电话：010-59096394
团购电话：010-59320018